トットの
ピクチャー・ブック

文
黒柳徹子
絵
武井武雄

実業之日本社

トットのピクチャー・ブック

復刊にあたって

黒柳徹子

『トットのピクチャー・ブック』は、私が初めて書いた、とても思い出深い本です。「東京新聞」に書いた「6音6画」（1960年7〜10月）と、「放射線」（1978年1〜6月）という2つの連載をまとめたエッセイ集です。

「6音6画」は、私にとって最初の「書く」仕事でした。当時、私はNHK専属のテレビ女優第1号として活動しはじめたばかりでした。「書く」ことはまったくの素人でしたが、そんな駆け出しの女優にもかかわらず、不思議なことに書く仕事の依頼をたくさんいただきました。

この本は、新潮文庫として1984年に出版されました。文章と絵を組み合わせた本をつくりたいということで、私は武井武雄先生に絵をお願いしました。私は武井先生の絵が大好きで、お上手といってはたいへん失礼ですけど、とてもすばらしい絵だと思っています。実際、文章と絵がピッタリと合い、素敵な本ができあがりました。

ただ残念ながら、長く絶版になっていたのですが、今回、実業之日本社から復刊のお話をいただき、40年前に出した本がこうして新たに蘇りました。とても感慨深く、たいへん感謝しています。

今年2025年は、「徹子の部屋」（テレビ朝日系列）がスタートして50年目にあたります。番組がこんなに長く続くなんて思ってもいませんでしたが、同じように「書く」という仕事が今日まで続いていることなど想像もしていませんでした。

「あとがき」にも書いていますが、「書く」仕事をいただいた当初は、とても私にはムリだと思ってすべてお断りしていました。「書く」というのは作家や大学の先生などの専門家、書くことのプロだけがする仕事だと考えていたからです。

ですから飯沢匡先生のご推薦で、東京新聞から「6音6画」の依頼をいただいた時も、私は「作文」しか書いたことがありませんと言って、お断りしました。

ところが、飯沢先生は、「作文でいいんです」とおっしゃってくださったのです。私がふだん話していることを、話したまま書けばいいんですと。その言葉で気持ちがすごく楽になり、また勇気づけられて、思い切って書いたのが「6音6画」です。

書くということで、思い出したことがあります。私は小学生の時に「作文」で賞をもらったことがありました。あまりに昔のことなので記憶があいまいなのですが、東京都だったか、全国だったか忘れましたが、けっこう大きな作文のコンクールだったと思います。周りの人たちから「賞をもらったんだね」とほめられたのを覚えています。

小学生の当時、私の家では犬を飼っていて、作文にはその犬のことを書きました。内容はほとんど覚えていませんが、とにかく私がその犬をどれだけ好きか、どんなに可愛がっているかということを思いのまま書きました。

例えば、学校から通信簿をもらって帰ると、親に見せる前に、まず犬に見せたりしていました。そんないろいろな自分と犬との関係について書いた作文でした。

この作文でいただいた賞が、もしかすると「書く」ことの楽しさやおもしろさを実感した原体験だったのかもしれません。

私はこれまで、ただ自分が思ったとおりのこと、感じたことを書いてきました。いまもそうです。そうして一昨年、42年ぶりに『窓ぎわのトットちゃん』の続編『続 窓ぎわのトットちゃん』を出すことができました。

あの時、飯沢先生から「作文でいいんです」という助言をいただくことがなかったら、「書く」という仕事は続いていなかったと思います。飯沢先生には本当に感謝しています。

私は小さい頃から本を読むのはとても好きでした。これも「あとがき」に書いていますが、子どもの頃は病弱だったこともあり、本当に手当たり次第と言っていいくらい本を読みました。特に伝記文学が好きで、シュテファン・ツヴァイクの『マリー・アントワネット』や『ジョゼフ・フーシェ』などの大長編も苦になりませんでした。

活字中毒というほどではないですが、私はいまでも、字があれば何でも読みます。やっぱり本を読んで何か新しいことを知るということが好きなんですね。本を読むとおもしろいですし、生きる活力がわいてきます。本を読んで人生を楽しめます。

いまはインターネットでさまざまな情報が簡単に手に入れられます。活字離れということがずっといわれていて、特に若い世代の人たちがあまり紙の本を読まなくなっていると聞きます。それはとてももったいないことだなと感じます。

『トットのピクチャー・ブック』の復刊によって、一人でも多くの人に武井先生のすばらしい絵を見て頂き、また、私の文章を読んで何か一つでもおもしろいことを見つけて頂ければ、とてもうれしく思います。

Part 1

国語三年上 目次／1957『信濃教育会出版部』

本書は、1984年(昭和59年)に
新潮社から刊行された
『トットのピクチャー・ブック』を底本にしている。
また、一部、年数や表記は、
当時の時代背景を考慮して、そのまま残している。

Part 1

「放射線」より

「かためのぞう」1954／よいこのくに

九官鳥

昨年の春、小学四年生と一年生の姪《めい》と、ブラブラ実家の近くの商店街を歩いていた私は、素晴らしいものを見たんです。それは、小さな九官鳥で喫茶店の外の籠《かご》の中にいたんですが、とても大きな声で、「もう秋だよ！」といったんです。

はじめは、「もう飽きたよ」といったのかと思って、びっくりしたんですけど、外に出てらした、そこの御主人が「だれが教えたのか、それは、〃もう秋だよ……〃といってるんだ」と、教えて下さいました。そのときは春だったけど、かん高い声で、「もう秋だよ！」を繰り返す九官鳥は詩人のようで、私も姪たちも、心から、うれしくなったのでした。

そして、この冬、偶然、その喫茶店に姪たちと寄る機会があり、中に入ると、なんと、あの九官鳥が、籠の中に、まだ居るではありませんか。もちろん、私も姪たちも、声をそろえて、九官鳥の籠の前にしゃがんで、「もう秋だよ！」といってみました。すると、九官鳥は少し考えこむふうをしてから、「バカ！」といいました。そして続けて「阿呆《あほう》！」

といいました。小さいほうの姪は泣きそうになって、「もう秋だよ！　っていわない……」と私にいいました。九官鳥は「バカ！」と「阿呆」を連続的に叫びました。

お店のかたが近づいて来て、「昼間、外に出しておくんで、だれかが教えちゃうんですよね」といいました。可哀そうな九官鳥。自分のいってることが、どんなに人を傷つけ、悲しませているか、まったく知らないで、教えられた通りにいっている……。

そのとき私は、ふとテレビのことを考えたんです。もしかすると、小さい子供たちはテレビから出て来るものを絶対のものと思って、まねをして、いったり行動したりしているんではないだろうか……。小さい子は、それが、いいか悪いかの判断はつかないのだから、テレビが繰り返しいうことを、九官鳥のように、ほこらしげに、叫んでいるのでは、ないだろうか……。

私は、あの「もう秋だよ！」といった九官鳥の声がなつかしく、涙が出そうな気持ちで、喫茶店を出たのでした。

1968／ワンダーブック

店頭会食

お正月の休みに、香港《ホンコン》観光協会のお招きがあったので、はじめて香港というところに行きました。たった三時間半飛行機に乗るだけで、こんなにも違う文化があるのかと驚嘆し、なにもかもが珍しくて夢中で過ごした数日間でした。特に印象が強かったのは、香港島から一時間くらいフェリーで行ったチェンチャオ島(長州島)という漁村でのことです。フェリーから降りるとすぐ、小さな店がたくさんみえます。店といっても高価なものは全くなく、魚や、干した海産物、野菜、瀬戸もの、文房具などのお店が本当に軒を接している、というふうなところです。

私が着いたのは、ちょうどお昼どきでしたが、どこの店も、店のまん中に小さなテーブルを出して、家族でご飯を食べ始めるではありませんか。私はガイドの女性に、「どうして店で?」と聞くと、彼女は「他《ほか》に食べる場所がないからでしょう」といいました。たしかにそうなのでしょう。でも私はそこに、素晴らしい中国人の人たちの考えがあることを発見しました。第一に、店のまん中で食べているのだからお客が来ればすぐ応対できる。第二に、みんなで温かいものを一緒に食べられる。

日本のお店のご飯どきはとても大変で、店番の人が代わる代わる、そそくさと裏に行っては冷たくなったものを食べることになるんですが、その点、中国人は、おじいさんから孫まで、みんなが長いお箸《はし》を持ち、湯気の立ってる大きなお丼《どんぶり》をかかえて、口々にしゃべりながらとても楽しそうに食べている。おかずは数が少なくても、見るからにおいしそうで栄養もありそう。どこの家にも白黒のテレビがあるけれど、食事のときは見ていないで、家族の顔を見ながらにぎやかに食べている。人がどう思おうと、どう見ようと、そんなことより自分たちの生活が大切なのでしょう。こんなにゆうゆうとした考えは、私たちにはない――。これを貧しいと見る人がいるかもしれないけれど、私には人間として素晴らしくぜいたくなことに思えたのでした。

私たちもその島で食事をしました。骨つきの肉が出たので、「この骨をさっき見かけた犬たちにやろうかしら？」といったら、若くて利発な中国人のガイドがニッコリ笑っていいました。「犬も、もう昼ご飯、食べたと思いますよ」。

そうなんです。ここの人たちは、みんなみんな一緒に食べるんです。私は心からうらやましく、この島を離れたのでした。

「曲芸」1930／コドモノクニ

R R R

香港ラーメン

先週にひきつづき香港の話なんですけど。

ひとつは屋台のラーメンです。私が食べたのは、小さい田舎の駅の前に、若い女の人が出してた屋台ですけど、私が首をつっこんで、「頼みます」といったら「どれにします?」と聞くんですね。「なにをです?」と私がいったら（もちろん、通訳つきでしたが)、「おそばの種類です」というんです。「へーえ」と思って見ると、五種類くらいのおそばが、ざるに入って重ねてあります。いわゆるラーメン風のおそば、白いおうどんみたいなの、卵の黄身だけで作ってあるおそば、軽く揚げてあるの、ラーメン色で、ひもかわみたいにペタンコなの——とこういった具合です。

私は卵の黄身のが珍しそうなので頼みました。作りかたも面白いんです。おそばを三十秒くらい熱湯で茹《ゆ》でるとき、必ず一緒にレタスの葉っぱを二枚くらい茹でるんです（これがまた、とてもおいしいんですね)。

それから次に彼女は「具《ぐ》は何にします？」というので、お鍋《なべ》の隣を見ると、ちょうど、おでんのように、いくつかに仕切ったブリキ製の四角いお鍋の中で、牛か豚の臓物の煮たの、輪切りのお大根の煮つけ、丸いさつま揚げの煮たの、といったものが、やはり六種類くらい湯気をたてています。

私はお大根にしてみました。どれも栄養たっぷりそうでした。お大根を、おそばとレタスの上にのせると、スープをかけ、なにか秘密そうな油をトロリとかけ、きざんだお葱《ねぎ》をのせて、たしか百円しなかったと思います。いずれにしても香港の中国料理の、おいしくて安いのには驚きますが、この屋台のおそばも、期待を裏切らないお味で、たとえ屋台でも、いろいろバラエティーを持たせるという、とにかく食べることを楽しむ中国人らしい表現だと、うれしくなったのです。

もうひとつ感心したのは、水道の蛇口です。ご承知のように香港は夏など水が足りなくなるところですが、家庭とホテル以外は、ほとんどのトイレなどの洗面所の蛇口が、コックを手でひねってる間は水が出ますが手をはなすと、すぐ、もとにもどって、水が止まるような仕掛けになってるんです。ナイトクラブもレストランも。両手をこすり合わせて洗いたければ、栓をして、コックをおさえてたまるのを待つしかありません。飛行機や新幹線のと同じです。

「にしきのなかのむら」1958／キンダーブック

私は初め驚きましたが、考えてみると、本当に困るのなら、このように根本的にやるしかないと思い、「困る困る」といいながら具体的にしない国が多い中で、(水に限らず)「みんなで考えなきゃ」ということを教えている、と感心したのでした。

「第11回全国友の会 後日祭メニュー表紙」1980

「はなじいさん」1960／キンダーブック

おかみさん……

柳家小さん師匠の奥さんの生代子さんが亡くなった。生代子さんは、私のことを好きだとおっしゃって、よく師匠と一緒に、私のラジオやテレビの対談番組に出て下さった。いつも、小さいカメラを手に持って、私のことや師匠のことを撮っては送って下さった。ときには小声でこんなことを……「この着物、きょう徹ちゃんに逢《あ》うんで、新調！」。

師匠と一緒のときのおかみさん――「おかみさん」、または、「おかあさん」と呼ばれるのが好きとのことでした――は話が八方破れで目茶苦茶で、師匠もふき出すくらいおかしかった。亡くなった直後、おそらくおかみさんの最後のテレビ出演になったのではないかと思う『徹子の部屋』のビデオ・テープが運よく残っていたので、試写をしてみた。放送は昨年の初夏で、このときはおかみさんだけにおいで頂いたのだった。

この中で、私の「師匠というのはどういうかたです？」という質問に「こんなこと、ここでいっちゃあなんですけど、あれだけ立派な人はいないと思います」とおっしゃってから「私、朝起きてこっちの部屋でたばこをのみながら見ていると、旦那はあっちの部屋でこっちに背をむけて新聞を読んでいる。背中も丸くなったし、年とってきちゃったけど、それを見てると〝ああ、あと何年こうしてこの姿を見られるんだろう〟と思っちゃう。むこうは、こっちがそんなこと考えてるなんて知りませんよ。でも、つくづく生きてるってこと、健康だってことは幸福だと思います」――。

私は師匠の丸い頭を想った。そして、それを後ろからじっと見ている、みんなから恐妻とか、がらっぱちとかいわれてるけど、本当は悲しいほど師匠が好きで、苦労人で、人生をじっと見てる本当のおかみさんの姿を見た。その録画の中で、私は泣いていました。私は、このおかみさんの『徹子の部屋』をもう一度放送して下さるようテレビ朝日に頼みました。つまり、亡くなった今、おかみさんの言葉がすごく重みのあるものになった、と感じたのと、おかみさんが面と向かっては師匠に言えなかったことをもう一度、師匠に伝えたかったのと、私のこの仕事の意義は、こういう本心を伺うことにあるのじゃないか――と思ったからです。

放送は今月三十一日の『徹子の部屋』です。おかみさん――私たちはあなたのこと忘れませんよ！

「サーカス」1965、「飾り罫」1934／コドモノクニ

小さん師匠のおかみさんが亡くなって一寸《ちょっと》した、ある日、私のところに一揃《そろ》いの着物が、とどいた。上等の、つむぎの紺と白の絣《かすり》の着物に、鮮やかな黄色の絹の帯。それは、私が生まれて始めて手にした形見わけだった。おかみさんのお嬢さんが、御親切に私に届けて下さった、おかみさんの形見……。『徹子の部屋』のために、わざわざ新調して、おかみさんが着ていらして下さった、あの時の着物だった。おかみさんが懐《なつ》かしく、そして、もう逢えないことが悲しくて、涙が、絣の素朴な模様の上に、落ちた。今度、いつか、師匠との対談の時に着ましょうか。師匠には内緒で……。

笑い話

ウォーターゲート事件以来、アメリカでは国家権力を皮肉る映画があい次ぎましたが、このあいだ見た『カプリコン1《ワン》』ほど痛快なのは、そうないと思います。なにしろ、世界最初のアメリカの有人火星宇宙船『カプリコン1』が宇宙基地から飛び立つところから始まるんですが、思いがけないことが次々と起こります。推理劇としても凄《すご》くすぐれているし、アクロバット飛行やヘリコプターの追いかけあり、自動車のアクションあり、笑わせてもくれて、そしてこわーいんです。私が素晴らしいと思うのは、才能の豊かな監督が、娯楽作品、というふうに楽しく作りながら、実は国家権力の恐ろしさを、まざまざと、そこに見せてくれたことです。ラストシーンはみんな拍手したくらいです。

ところで、この映画の中で一人の宇宙飛行士が砂漠を逃げまわりながら、自分をはげますために口の中で「ねこの笑い話(ジョーク)」を言い続けるんですが、今日、私が書きたかったことは、外国人は共通の笑い話を持っている、ということなんです。

というのは、偶然私もこの笑い話を知ってたんですけど、映画では後半だけ聞かせている。つまり前半は言わなくても観客は「ああ、あの話だな」と思って笑うんですね。もちろん、私たちにも落語とか、いろいろ共有できる笑いはありますが、外国人にはかなわない、と思ったんです。

ところで、そのねこの話はこういうのでした。——あるところに兄弟がいた。父親が死に財産が手に入った。弟は世界を見てみたいと思ったが可愛がってるねこがいる。兄が言う「おれが見ててやろう」。弟はくれぐれも頼んで出発する。パリに着き、弟は家に電話して聞く「ねこは?」。兄は答える「元気」。ローマで電話する。兄は答える「大丈夫!」。ベルリンから電話する「ねこは?」。兄が答える。「死んだよ」。

弟は仰天して言う。「ひどいじゃないか。いきなりそんなことというなんて。言い方ってものがあるだろう。せめてこう言ってくれたら……。『さっきねこが屋根に登った。ハシゴをかけておろそうとしたら隣の木にとびついた』と。そしたら僕は少し心配になる。続けて兄さんは言う『木の高いところに登ったねこは、とうとう地面に落ちた』。僕は凄《すご》く心配して聞く『それから?』。兄さんは言う『救急車を呼んだよ。そして病院で手厚い看護をしたが、とうとう死んだよ……』。そしたら僕だって納得するよ。ところで母さんは元気?」お兄さんは答えました。「さっき屋根に登ったよ……」。

「いぬさんねこさん」1959／キンダーブック

悲しくなります

その日私は、新幹線の中で、見てはならないもの――というより、見たくなかったものを見てしまいました。東京駅を正午に出て一時間半くらいしたときでしょうか、私と通路を隔てた席の窓ぎわの中年のおじさんが、いきなり大声で「おしっこ……おしっこ……」というと、そのあとなにやらわめいてドアから出て行きました。まあ、大人でこういう言葉を、大声で列車の中で叫ぶ人も珍しい――などと思って五分くらいしてでしょうか、私は食堂車に行こうとドアを開けました。

そこで私が見たのは、その中年のおじさんが、トイレまで行かずに、デッキのあたりに撒《ま》き散らした大洪水と、それを一生懸命モップで掃除してる車掌さんと、その洪水の中に、泥酔状態でうずくまって寝ているおじさんの姿でした。

真夜中の事件としても驚くべきことなのに、午後一時半ころのまっ昼間です。私は目を疑いました。車掌さんは、黙って床をふき、正体なく寝こんでるビショビショの人を立ち上がらせると、車掌室の前にある荷物置き場のような小さい部屋の、踏み台のようなものを椅子がわりにしたところにすわらせました。

あたりは、洪水のにおいとお酒の息のにおいで大変です。私は食堂車に行く気をなくしたので、洗面所で手だけ洗って席へもどろうとしました。

そのとき、やっと掃除道具を片づけた車掌さんが一息ついてらしたので、「大変でしたね。どういう人なんでしょうね、こういう人って?」と私がいうと、車掌さんはチラリと寝ている人を見て「ええ……悲しいことに、あのかた、国会議員なんですね」とおっしゃったんです。動転した私は「国会議員はタダで乗れるんですよね!」と、思わずいってしまいました。すると「はい。さっきパスを見せて頂きました。私は、掃除するのはかまいませんが、こういう人に国政をまかせていると思うとたまらなく残念です」と心から残念そうにおっしゃいました。

私も同じ気持ちです。一時間半後、大阪で私が降りるとき、まだ、ところどころ床は乾いてなくて、おじさんは斜めになって踏み台で寝ていました。

二月十日。正午、東京発博多行きの新幹線「ひかり号」、12号車にお乗りになった国会議員さん、みんなが悲しくなります。

どうぞトイレをご使用ください。人間は、そういう習慣になっているのですから。

「はごろも」1965／キンダーブック

反響

先週この欄に私が書きました「悲しくなります」に対しての反響の大きさは、私もびっくりするほどだったことをご報告します。あの日から、東京新聞には読者のみなさまからの「怒り」と、「私も国会議員のこういうひどい行動を見た」というのや「その国会議員がだれなのか追及せよ」といった電話が鳴りやまず、「許せない」という投書も毎日、山のように届いているそうです。

私のところへもたくさんの新聞社からお問い合わせがあり、なかには「写真を見せるから、その人かどうかいってほしい」という、犯人捜しのような依頼もありました。でも、私はお断りしました。というのも、私がいいたかったのは「だれなのか」ということより「国会議員が、こういうことをしては困る」と警告したかったのですから。

今度のこの事件で、こんなにたくさんの反響があったということは、いかに、みなさんがふだん国会議員に期待をかけているかということ。それは結局、「私たちの暮らしが」、「将来が」、国会議員にかかっているからで、つまり私たちが選んだ国会議員が、私たちのためにがんばってくれることをみんなが祈っているから、それがこういう形で裏切られると、たまらなくいきどおりたくなり、私のように心から悲しくなり、そして、それが大きな怒りの声になったのだと思います。結局、たくさんの新聞社や週刊誌が追及した結果、この国会議員が何党のだれだったのか、はっきりして問題になり、大平幹事長が自民党の役員会で「国会議員の品位を汚す」ということで、本人に厳重注意をしたと新聞に出ていました。

社会的責任という言葉が、よくみなさんの口にのぼります。例のマリファナ事件で取り調べをうけた芸能人は、逮捕じゃなくても「取り調べをうけた」ということで、もうすべてのテレビ局から締め出され、早くカムバックしようとしてる人でも半年の自宅謹慎、中にはカムバックの見通しの立たない人もいます。つまりそのくらい、みなさまから期待され、注目されている人たちの行動は、いつも慎重でなくてはならないのだ、ということなのでしょう。小笠原流の御宗家に伺ったんですが、指導者の心得、というか、人の目にふれる人の心得に、「この世の客に来たと思え」というのがあるそうです。とても素晴らしい言葉だと、私は胸を打たれて、忘れられません。自分でその仕事を選んだ以上、責任を持ち続けなくてはいけないのだと、今度のこの事件は、私にもいろいろのことを考えさせてくれました。たくさんのお電話、投書、ありがとうございました。

「つのぶえふいたら」1964／キンダーブック

兵隊さんの涙

昨日は五月五日で、子供の日。私は、この日になると思い出すことがあります。それは、私が小学校の二年生か三年生、とにかく戦争がひどくなり始めのころ、五月五日のお節句の日に陸軍病院に、兵隊さんのお見舞いに行ったときのことです。私の学校からは、私と、もう一人、男の子が決まりました。

さて、当日です。私はワクワクして、他の大勢の、よその学校代表と、病院の門をくぐったのでした。病室は、そんなに大きくなく、ベッドが十五くらいあって、ほとんどの兵隊さんは、ベッドの上に起きあがっていらっしゃいました。私たちは、自分で書いて来た手紙とか、絵とか、折り紙などを、プレゼントしました。私は、気に入った兵隊さんのベッドに、ぴったりと、くっつきました。

プレゼントが済むと、引率の、どっかの女の先生が、「じゃ、みんなで、お節句ですから〝鯉のぼり〟の歌を、うたいましょう。三、四！」と指揮みたいになさると、とたんに、みんなが大きな声で、なんだか歌いました。いま思うと、「いらかの波と雲の波……」だったのかもしれません。ところが、私だけ、ぽかんと口をあけて、みんなを見てるのみでした。というのは、私の学校では、そういうのを教えてくれていなかったのです。

私の学校は万事が変わっていたのですが、特に音楽は独特で、歌といったら、校長先生作曲による俳句……例えば〽我と来てェー、遊べや、親のォーない雀ェ……とか。外国の曲の替え歌とか。あとは生徒の作詞作曲による、即興デタラメ歌でしたから。私はベッドにくっついたまま、だまっていました。みんなはさらに、「ひな祭」も歌いました。私は、下をむいていました。

やっとみんなが終わると、兵隊さんは私を見て、笑いながら、「君は歌わないの？」とおっしゃいました。私は恥ずかしかったけど、「私の一番、好きな歌をうたいます」といって、〽ロー・ロー・ロー・ユア・ボート、の替え歌、校長先生の作詞による〽よく噛《か》めよ、たべものを、噛めよ　噛めよ　噛めよ　たべものを！　を一人で、大きな声で歌いました。本当はお弁当の前に歌うのだけど、かまわないと思いました。他の子は、びっくりしたみたいで、笑った子もいました。終わると、兵隊さんは、私の頭をなでて、「元気だね」といいました。

そのとき、よく見たら、兵隊さんの目に涙がいっぱい、たまっていました。私は「おひ

「どうぶつむらのこいのぼり」1964／キンダーブック

な様の歌じゃないからだわ」と、申しわけなく思いました。いま考えると、あのとき、あの兵隊さんの胸の中には、どんな想いが、あったのでしょうか。

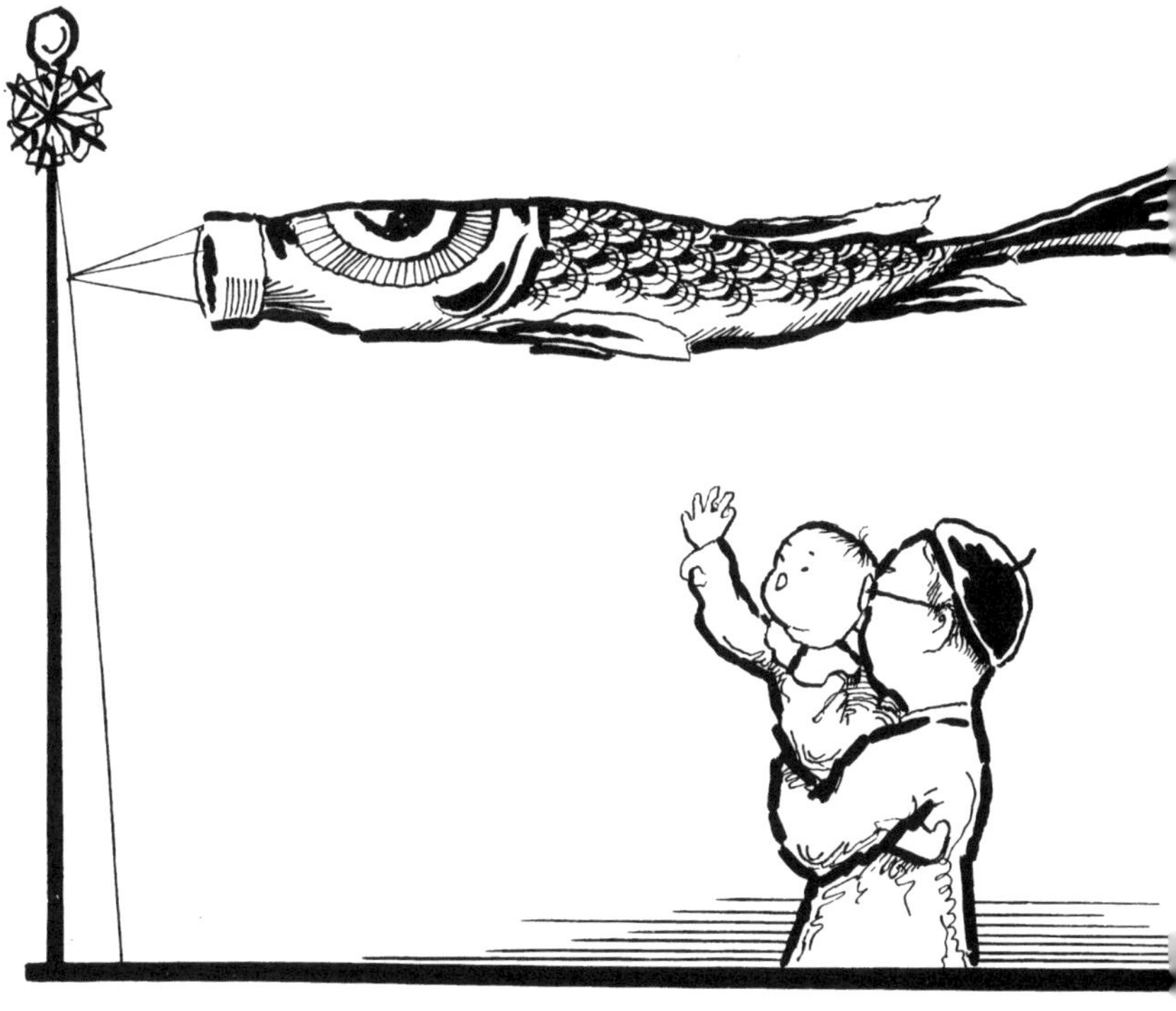

「信濃こども風土記5月」1957／信濃毎日新聞

「一番ぼしのうた」1980／ハンプティダンプティの本

イルカのことから

長崎の壱岐島で殺された千頭にものぼるイルカの写真を、心から気の毒と思って見ました。でも、毎年、毎年、何千頭と押しよせるイルカのために、漁場の魚を、みんな食べられて、生活ができない漁師のみなさんが、他に方法がなくて、とった手段なのだから、仕方がなかったのだ、とも思うのです。

私が、この写真を見て「イルカは他のどんな動物より言葉をたくさんもっているから、日本でもイルカと本式に通信しあう研究が進められていて、将来、海に魚の牧場を作ったときの監督になってもらったり、人間がまだわかっていない海のことを教えてもらったりしよう、としている。だから、今度のような場合に、人間と話しあえるイルカがいたら、ブリやイカの網の外で見張っててもらって、それを食べに来たイルカに、『ここに入ると殺されるよ！』と伝えてもらったら、どうだろうか？」といいました。

すると、そばにいた友達がせせら笑っていいました。「いい考えだと思うけど、そういう映画があったじゃない。イルカを訓練して、最終的に、頭に爆弾をつけて、敵の大きな船に、それを取りつけさせる、というのが。結局、イルカは利口だといって訓練されても、爆弾を取りつけるという、意味をしらない。人間に利用されてるんだものね……」。

このとき、ふと、私は長崎のイルカ事件から、考えがロッキードに飛びました。それは、いま、ロッキードで証言しているサラリーマンのかたがたが、イルカみたいだ、と思ったからです。「持っていけ」と上役にいわれたお金を、先方にとどけ、その持っていったもののの意味もわからず、いわれた通りにしたことがこんな大きな事件に、ひろがってしまった。だれかが、この人たちを利用したんだけど、そんなことは、わからない。頭にくっつけた爆弾の意味がわからないイルカと同じように、可哀そうだ、と思ったのでした。

そして、同時に私も、いつの間にか、テレビの中で、イルカになっていないか……、と心配にもなったのでした。

「くるみわりにんぎょう みずうみ」1953／キンダーブック

二十五年かかって

この二月で、NHKはテレビの放送を始めて、二十五年になりました。そこで、二時間の特別番組「グランド・フェスティバル・テレビ誕生25周年」を、NHKホールの公開で作りました。そして、私も、ちょうどテレビが始まった年からNHKで養成を受け、NHKのテレビ女優、ということで仕事を始めたので、この二十五年間の放送を見てきた、ということもあってでしょうか、司会をさせて頂きました。

数々の、なつかしい番組の再現もありました。もちろん、当時の出演者で。また初期のころの、思い出ばなし、失敗談も、随分でました。例えば「あまり照明が暑くて、髪の毛の、それでも五、六本あった落語家の方が『まいど馬鹿々々しいお笑いを……』と一席やって『おあとがよろしいようで……』といったときには、五、六本の毛が全部焼け切れて、一本もなかった」とか。

その暑かった二十五年前の電球も、この記念番組に登場しましたが、まあ、一個の大きさが、一斗ダルくらいあるんですね。これじゃ暑いわけです。ところが、それが、この二十五年の間に開発されて、今では、なんと、ライターくらいの大きさで充分、というふうになっているんです。

この録画の日から数日後、私は手紙を受けとりました。当日、ホールにいらしてた主婦の方からでした。「テレビが始まった年に生まれた娘が、貧しく、苦しい生活でしたが、とにかく元気に育って、この春、お嫁に行きます……」。

私は考えました。一斗ダルの電球が、ライターの大きさになったくらい、また、生まれた赤ちゃんがお嫁に行くくらい、私は、この二十五年の間に成長しただろうか。どう考えてみても、そんなに進歩したとは思えません。でも初期のテレビのころから、自分が変わった、と思えることは、私の番組を見て下さってるはずのお客さまを、心から信頼して出演できるようになった、ということかもしれません。

切符を買って来て下さる舞台のお客さまと違って、目に見えない方たちを、信頼できるようになるまで、二十五年かかったわけです。でも、お互いの信頼がなくては、いい番組は出来ない、と私は思うんです。そして、楽しく見て頂くために、本当に一生懸命やってきた、でも、決して、聴視者の皆様に、媚《こ》びては来なかった、ということを、誇りにも思っています。

「たけのこのびた ぼくらものびた」1957／あそび

それと、テレビは、ヒトラーのような人が利用しようとしたら、どんなことでも出来る危険なもの。そのかわり、よく使えば、世の中を変えることが出来る力を持っている、と本当に信じるのに、やはり二十五年かかった、と、いま私は思っています。

「信濃こども風土記4月」1957／信濃毎日新聞

「青の魔法」1964

素晴らしいおばあさん

私は素晴らしい友達を持っています。アメリカ人のおばあさんで、いま八十五歳のリリイ・スタンズィさんです。なぜ彼女が素晴らしいかといえば六十歳から勉強を始めて七十歳くらいで世界的な写真家になったという元気な人だからです。そもそも彼女は、普通の主婦で、一人息子を育て、写真といっても、いわゆるシャッターを押すだけのカメラでたまに撮ったことがあるくらいでした。

ところが、彼女が五十五歳のとき突然、だんなさまが病気で亡くなってしまいました。すぐ生活に困るということはなかったけど、これからの人生を、ただ世間話をしたり、友達とトランプをする生活で過ごすのはたまらないと思いました。そんなある日、故郷のスイスに旅行したんです。そこで昔と同じように制服にエプロン、というかわいい小学生を見た彼女は、小学校に出かけて行って写真を撮り、アメリカに帰って友達に見せました。

そしたらだれかが「あなた上手だから写真家になったら?」といいました。普通なら「ご冗談を……」というところですが、そこが彼女の面白いところで、「そうだ！」というわけで、写真の大学に通うことにしました。

そのとき彼女は、すでに六十歳。大学はふつう四年ですが、先生がなるべく早く仕事を始めるように、とすすめて下さったので（年のことがあったからでしょう）技術を習った二年間で学校をやめ、〝さて、どんな写真を撮ろうか……〟と考えました。若い人なら報道、動物、ファッション、いろいろありますが、彼女は自分の体力と感覚で撮れるもの、と頭を悩ませました。とにかくヨーロッパの古い町を散歩してみました。

ある教会に入って見ると、天使の彫刻がありました。そこで一日中ゆっくりとその天使の顔を見ていました。朝陽から、お昼になり、日が傾き、そのたびに天使の顔が変わりました。彼女は生活費としてとっておいたお金で特別のカメラを買い、一番美しいと彼女が思った瞬間の天使を撮りました。それが最初に彼女が世の中に認められる作品になりました。

以来、古い楽器、騎士の甲冑《かっちゅう》、化石などを彼女らしく、愛らしく、しかも心に迫る強い印象で撮って世界的になったのです。「主婦でいた間も、私はぼんやりしていなかった。いつも何かを感じ、興味を持っていました」という彼女の話を聞いて、私も六十になった時、何かを始められるよう生きていきたい、と心から思ったものでした。

1957／チャイルドブック

障子が笑う？

四月は新入社員の季節です。仕事を始めるというのは、学校のときと違って、なにもかもが、むずかしく見え、とまどうことが多いのです。私などは、毎日が失敗の連続。例えば、ＮＨＫに入って、初めて週刊誌のグラビアにのることになり、撮影、という日のことです。どこかの公園でしたが、記者のかたがカメラマンに「これは見開きでいこう！」とおっしゃったんです。「そうか、見ひらきか！」そう思った私は、満身の力をこめて、目を大きく開いて、写ろうとポーズしました。そしたら記者のかたが、「そんなに目を大きくしないでいいですよ」とおっしゃるので「だって見ひらきでしょう？」といったら、とたんに、お二人がひっくり返って笑いました。見開き、というのは、雑誌を開いたとき、左右二ページ……つまり両ページに、またがる写真のことをいうんですって。

そうかと思うとテレビのスタジオで、ディレクターが私の後ろを指さして「その障子、笑って下さい！」なんて、いうんです。私は障子が笑うなんて、どうなるのか興味津々《しんしん》で、そばに行って見ようとしたら、だれかがさーっとその障子を外して、もって行ってしまったんです。机でもなんでも「取りのぞく」ことを「わらう」というんですね、芝居の言葉で。

また、あるときは、やはりテレビのリハーサルのときですが、ディレクターが、「ここは、黒柳さんの肩を、なめましょう」なんて、カメラの人にいってるのを、私は聞いてしまったんです。ただでさえも、若くて、警戒心の旺盛《おうせい》だった私は、断固とした声で「結構です!」といいました。スタジオの人たちは、みんな、びっくりした顔で、私を見ました。私は恥ずかしかったけど、もっと大きな声で、「いま、私の肩を、なんとか、っておっしゃったけど、結構です!」といいました。そのうちディレクターが、「君は、なめる、ということについて、いってるらしいけど、これは、君の肩を少し画面の手前に入れて、むこうの何かを写すことで、恐ろしいことではないんだよ」とご説明くださいました。私は、穴があったら入りたかったけど、「知らなかったもんで!」とあやまりました。

新人には、わからないことがたくさんあります。でも、「わからない」「知らない」ということをいうのは、その人間の本質にかかわる恥ずかしいことじゃないし、上手に馴《な》れるために無理して背のびするより、少しギクシャクしても、自分自身を見失わないようにすることが、もっと大切なこと、と私は思うのです。もし新入社員に贈る言葉、とたのまれたら私は「仕事には馴れても、人生には馴れないで下さい」といいたいです。

1967／ホームキンダー

心と心

私はいま、とてもうれしい気持ちでいます。というのは「アメリカ聾《ろう》者劇場（ナショナル・シアター・オブ・ザ・デフ）」というアメリカの劇団が、日本文化財団の招きで、来年には日本各地で公演できる運びになったからです。これは、世界でも珍しいプロの、ろう者の俳優による劇団です。でも、プロとして素晴らしく訓練された俳優さんたちの集まりです。そして、耳の不自由な観客のためだけ、というのでなく、だれでも、皆で楽しめる本格的な芝居やショーを見せてくれる貴重な劇団なのです。創立して十二年目の昨年、舞台のアカデミー賞にあたるトニー賞の特別賞もとって話題になりました。

私は七年くらい前、偶然この劇団の創立者であり、ブロードウェーの有名な装置家でもあるヘイズ氏と知り合い、彼は劇団員の憧《あこが》れている日本でぜひ公演したいと言ってくださいました。私も文化の面で、置いてきぼりされがちな日本のろう者のみなさんに、それから、ろう者の持ってる素晴らしいものを演劇を通してどなたにもわかって頂きたいということ、そして、福祉対策をなさる政府の皆さんにも、ぜひ見て頂きたくて、この数年あれこれ奔走してやっと実現することになったのです。

私が、日本の耳の不自由な方とおつきあいを始めたのは、だいぶ前、私のテレビ番組にろう者のみなさんがコーラスグループをつくった、ということで登場なさってからです。ギターに合わせて、耳の聞こえる方が合図をして歌い始めると、それに合わせて二十人くらいのろう者の皆さんが、一斉に手話と、それから、唇も歌詞に合わせて動かして、コーラスをなさったんです。「耳が聞こえないのにコーラス?」とお思いかもしれませんが、それはとても感動的なものでした。

「私たちも、みんなと一緒に歌いたい」というお気持ちがとても良くわかりました。そのとき別れぎわに「黒柳さん、歌謡歌手の皆さんに、なるべく口をマイクにつけないで歌ってくれるように頼んで下さい。口が見えないと、私たち一緒に歌えないんです」と、ろう者のお一人がおっしゃったのも忘れられません。

とにかく、この「シアター・オブ・デフ」は、アメリカで一番、国外公演の多いグループです。というのも人間の感情や感覚、そして愛情は、どこの国の人も、心で理解することが出来るからなのでしょう。

1957／キンダーブック

電気がついた！

月の家円鏡さんが『徹子の部屋』で、新婚のころ間借りしていた家の雨もりのことを話して下さいました。「三畳に新婚夫婦、隣の六畳に両親と兄貴。狭いのはともかく、その家の雨もりのすごさは、バケツや洗面器がいくつあっても足りないくらい。それもまあ我慢するとして、こわいのは、こんな具合だから、漏電して水の伝わる柱やなにかにさわるとピリピリくる。従って、雨の日は電気を使わないことにした。そんな具合だから、あるとき天井をすっかり直して、雨の日にも電気がつけられるようになったときは本当にうれしかった」。

私は、この話を伺いながら、びしょぬれの暗やみで、心細く夫を待つ奥さんのことを思いました。そして次に、外は雨でも電気がつけられた日の若い夫婦の喜びを想像して、円鏡さんと同じくらいにうれしくなったんです。というのも、私も戦争中、同じような経験をしたからです。

汽車の中で知り合った親切なおじさんを頼って、青森県の三戸郡《さんのへ》に疎開したわれわれ――母と私と弟と妹――は、リンゴ畑の真ん中の見張り小屋を貸して頂くことになりました。ガスはもちろん水道も電気もありません。天井につってあるランプは薄暗くて本を読めるほどではなかったから、夜になると寝るしかありませんでした。そんなある日、駅前の長屋風の家が一軒空いて、私たちが入れることになりました。夜になり、母が台所の電気のスイッチをいれたとき、私たちきょうだいは「わあ!!」と歓声をあげてしまったんです。夜でも皆の顔が見える！　私たちは、お互いを見てはうれしくて笑いました。

昨年の夏、ニューヨークで二十五時間に及ぶ大停電があり、その最中に偶然、私はそこに居あわせました。友達の二十階にあるアパートの部屋から、何度、階段を上り下りしたことでしょう。二十五時間目の夜十時ごろ、自家発電のレストランから帰って来た私たちは、素晴らしいものを見たんです。電気が下町のほうから、ともり始め、あの長い五番街の交差点の信号機にだんだん赤や青の色がつき始めたんです。

とうとう私たちの地域の信号機が青になり、同時に周りのアパートが一斉に明るくなりました。暗い家から外に出ていた人たちは、だれかれなく抱きあって「ステキ！」と叫びました。本当に私たちときたら、なにかがなくなって、初めて、そのありがた味がわかるんですね。

「サンタクロース」1932／コドモノクニ

舞台

今月二十四日から一週間、渋谷の西武劇場で『徹子の部屋』を公演いたします。たくさんのご希望があったことと、以前よその劇場で実験してみて、舞台がそのあとのテレビにどんなにプラスになるかを発見したからでもあるのです。喜劇や落語など、お客さまの笑い声や拍手で出演者の出来が大変に違ってくることはご存じと思いますが、『徹子の部屋』のような対談番組でも、客席にお客さまがいらして、笑ったり、感嘆の声を発したり、時にはハナをすすって下さったりすると、聞き手の私の方もそれに励まされ、とても緊密なお話を伺えることがわかったんです。

もちろんテレビの場合も皆さまから「聞きもらしたけど、いま何ていったの？」とか「黒柳さんがいま着てるセーターはどこで買ったのか？」「黒柳さんのブラウスのエリが曲がっている。早くなおして――」といったお電話、お手紙をいただきます。それに、舞台での拍手と同じようにテレビには視聴率というものがありますから、受けとめていただけたかどうかの手がかりもつかめるわけです。

でも、舞台でやりたい理由はほかにもあります。というのはテレビのワイドショーで長いこと司会をしていた方があるとき、こんな忠告をして下さったんです。「気をつけないと毎日の感動にマヒして、自分の気持ちがわからなくなる。だから悲しい話が出ると『いま泣くべきかな？』とか『普通の人ならこのくらい泣くだろう』というふうに演技をするようになっちゃう」。

おかげさまで私は、今だに演技する必要なく、毎日、ゲストの方のお話に素直に自分の感情で反応していますが、ときどき先輩のこの忠告を思い出します。ですから、舞台で観客の皆さんが私と同じ時に、同じように反応して下さるのを見ると「私の感受性は皆さんとかけ離れてはいない！」とうれしくもなり安心もできるのです。でも、舞台はむろんですが、テレビにしても演じる側と見て下さる側が一つにならないと、決していいものはできない。つまり皆で作るものだ、と私は信じています。それにしても、国鉄のストはどうなるのかな。昨年のストの時、お客さまがたった一人という劇場があったそうだから……。

「ぬけだしジョーカー」1978／キンダーおはなしえほん

団体さん

日本に滞在している外国の新聞記者から、面白い話を聞きました。この人は長いこと日本にいるんですが、一年くらい前に、新しいアパートに引っ越し、天井に四つある照明の穴ぼこに、同じワット数の電球を四つ買って来てつけました。そしたらなんと数カ月たったある晩、その四つの電球が、ほとんど同時といっていいくらいにあいついで切れたんだそうです。つまり、寿命がほとんど同時に来たわけなんですね。

そこで、その人が言うには、「この電球は、なんとなく日本を象徴しているように思える。つまり、四つが同時にダメになるということは、いかにこの電球の機能にムラがないかというすばらしい証明であります。もし、これが自分の国であったら、滅法早く切れるのがあるかと思えば、一つだけいつまでもついているのがある、というふうに、出来にムラがあるんだけど。その点、日本の製品の優秀さには舌をまきます。一方、この電球は、団体で行動することが好きな日本人の気質を表わしているようにも思えます。つまり『あっ、隣のが切れたんなら、こっちも一緒に切れなきゃ……』といったような……」。

これは少ししんらつ過ぎる、と私は思いますが、たしかに、日本人が団体で行動する民族だということは世界でも有名のようです。韓国の〝キーセン・パーティー〟をはじめとして、香港や台湾、タイなどの女性と楽しむためにも、団体で行く。どこの国に、団体でこういうことをしに行く人たちがいるでしょうか。もちろん、だれにでも楽しむ権利があるのだから、どこの国の人も、同じようなことをしているでしょう。でも、みんな個人の発想でしているんだと思うんです。例えば、夜は十二時過ぎに外出禁止、という国だと、その十二時ごろ、両手に女性をかかえてホテルに帰る団体さんで町はあふれるそうです。それぞれの国も、商売でやってるとはいえ、こういう光景はその国の人たちに悲しい思いをさせてることは事実で、調査によると、五〇％よりもっと多くの人が、日本の団体さんに対して悪い感情を持ち「いまに見てろ！」というふうに、うらみのような感じさえ持ってる若い男性もたくさんいると聞きます。

考えてみると、電球がそろって切れると、いちどきに暗くなっちゃうから、むしろムラがあるのも悪くないとも思います。いずれにしても、私は、自分で選んだ行動、自分らしい生きかたをしていかなくちゃ、と電球の話から深く考えたのでした。

「おこりっぽいやま」1969／チャイルドブック

成田のかわりに

アメリカ人のビジネスマンの奥さんになって東京に住んでいる日本人の友達から、この間電話がありました。「徹ちゃん、御飯たべに来ない？　主人、外国に行ってて、いないのよ。ねえ、知ってる？　いま、私の知ってる外人、だれも日本にいないわよ」。びっくりして、私は聞きました。「日本にいない、ってどういうこと？」。彼女は、少し皮肉っぽく、いいました。「外国にどうしても行かなきゃならない用事のある人は、みんな、ここのところで行っちゃったのよ。そして、二十日までに帰って来るって！」。

はじめ、なんのことかと思った私にも、やっとわかりました。つまり、来週の今日、国際線が成田になるので、その前に……、つまり羽田の間に、用事をして来てしまおう、ということなんです。こんなにまでして、成田に行かないで済まそうとしているんですね。

そうかと思うと、ニューヨークにいる、年とった夫婦から、こんな手紙が来ました。「この夏、あこがれの日本に行って、あなたにも逢いたいと思ったけど、新しい飛行場は、ホテルまで三時間もかかると聞いたので、残念だけど、東南アジアにかえました」。すでに外国にまで、こういううわさがとんでいる、ということは観光客も減る、ということなんでしょうか。

そんなことを考えた昨日、テレビに現役の日本のパイロットのかたが出て、成田における自衛隊とのニアミスの恐れ、そのため、着陸のとき、毎度急旋回を強いられる危険性……その他いろいろ恐ろしいことを、答弁してらっしゃるのを見てしまったんです。

そこで、私、考えたんですけど、（専門家のかたは、お笑いになるだろうけど）……成田のかわりに、羽田の拡張もさることながら、沖縄の海洋博のとき評判になった、あのアクアポリス、海中都市（または水上都市）、あれを、どうして、活用しないのか、ということなんです。つまり、あのアクアポリスを考えれば、海に浮かぶ飛行場は、むずかしいことではない、と思うんです。JALとか、パン・アメリカンとか、アリタリア、とか、それぞれ羽田沖に、「アクア飛行場」を持つんです。大きな造船所が、仕事がなくて倒産してるくらいだから、そのほうの手はあるし、第一、造船所そのものが、海に浮かびながら、船を造ってる時代なんですものね。そして、そのアクア飛行場から、お客さんを、フェリーなどで羽田とかに運ぶんです。だって、だれにとっても、外国旅行は楽しいのがいいですものね。

「ひこうきのなか」1955／キンダーブック

パンダの〝結婚〟

パンダが結婚しました。私の個人的な感想をいわせていただければ、「もしかすると、赤ちゃんを期待できるかな？」という様子なんです。多少は、私のカンといった要素も入ってますけど……。

カンカンとランランの初めての結婚は、昨年の六月四日でした。この朝、芝居のけいこをしていた私のところに、いきなり「ご結婚おめでとうございます！」と新聞社のかたからお電話があったので、一瞬、私が、どなたかと結婚することになったのか、とびっくりしましたが、次にパンダとわかって大喜びしました。そのとき私は、結婚したということがうれしくて「赤ちゃん」ということまで考えませんでした。だって、生まれて一歳にもならないうちに中国の四川省の山の中で人間に捕えられ、お母さんたちと別れ別れになって、しかもこんな遠い日本に連れて来られた二匹のパンダが、お互いを好ましく思って、愛し合ったということだけで、もう私はなによりもうれしいことだと思ったんです。

ところが、たくさんの新聞社や雑誌社のかたの中には「赤ん坊、オスとメス、どっちだと思います？」とか「生まれた赤ん坊の名前、何とつけますか？」というご質問まであって、私、どぎまぎしてしまったんです。というのも、パンダの女性は一年三百六十五日のうち、妊娠可能の日が二日か三日しかないといわれていますし、（男性はみんないいなあとおっしゃいます）〝初婚〟での結婚は難しい、ともいわれてましたから、生まれたら、それにこしたことはないけど、とにかく、結婚したパンダに「おめでとう」を、そこまでもってらした上野動物園のみなさんの努力と愛情に「ありがとう」をいいたい、とそのとき思ったのです。

そして今年ですが、昨年は結婚まで盛り上がるのに同居を始めて五日かかったのに、ことしは「よみがえるラブ・ストーリー」とでもいうのでしょうか、一緒になった日からすぐ馴れた感じで、結婚まで進んだこと。そして、これは動物ではとても珍しいことだそうですが、結婚式が終わったあと、オスのカンカンが疲労コンパイしてたんでしょうけど、早く回復したメスのランランが、話しかけようと近寄ったら、怒ったふうというか、「うるさい！」という感じで、よせつけなかったということ。こういったいろいろの状況から、もしかすると赤ちゃんが……、と私は思うのです。

それにしても、結婚しちゃうと反対むいて寝ちゃうというのは、ちょっと人間に似てる

「アラジンのランプ」1968／世界の童話

とこがあるみたい。

とにかく、おしあわせを祈ってます。

「刊行作品ひとりごと第十七集」1975

「にしきのむら」1969／トッパンのおはなしえほん

ありがとう

テレビの『徹子の部屋』が始まった時、この番組は、どうしても青森県の皆さまに見ていただきたい、と私は心から願ったものでした。というのは、青森は私が疎開していた大切な思い出の場所でもあり、懐かしいたくさんの友達に本当に近い私を見てほしいということもあったからなんです。

ネット局の関係でこれまで放送出来なかったのですが、私がほうぼうにお願いしたり、青森の皆さまのご希望もあったりで、うれしいことに四月から青森での放送が始まりました。

そのお礼と、青森放送の開局二十五周年記念をかねて、市民会館で講演をさせていただきました。そしたら、私が疎開していたころの女学校の友達が、わざわざ汽車に乗って十五人も私に逢いに来て下さったんです。三十年という、普通なら考えられない長さのはずの年月が、私たちにとってはまるで無かったか、あったとしても一瞬のことだったように私には思えました。

皆がちっとも変わっていないから、すぐにだれだかがわかりました。三十年前、疎開っ子の私を差別せず、すぐ友達にしてくれたように、今度も私を「テレビに出てる人間」というような変な気づかいなしに、再会をお互いが心から純粋に喜び合えたことは、何にもましてうれしいことでした。

いつも私の頭のシラミを取ってくれた入江さん。学校の裏山の畑にまくために、トイレからくんだオケの前後をかついで坂をのぼる時、つるしたナワが切れ、うしろをかついでいたために（こんなこともあろうかと、私はいつも前をかつぎました）頭から中のものをかぶった出町さん。

学校一、勉強が出来て、いつも私に教えてくれた北村さん。私といっしょの汽車通学で、いつも私の手を引っ張って走ってくれた佐々木さん……。

皆、元気でした。そして、だれかが持って来た写真の中にいる当時の私は、長グツをはいて丸々として、幸福そうに見えました。バイオリニストだった父は出征し、東京の家は焼け、母は、馴れないかつぎ屋をやっている。そんな時、私が幸福そうに見えたのは、お友達の皆さんのおかげです。

私はその写真を見て、涙が出そうになりながら「ありがとう」を言ったのでした。

「おそらはあおく」1956／チャイルドブック

ショルダー・バッグ

今日はショルダー・バッグについて、ちょっと、いいたいことがあるので書くことにします。ショルダー・バッグはご存じのように肩にかけるハンドバッグです。お断りしておきますが、私自身は、このショルダーが何より好きで、この十数年、これ以外、もったことがありません。

なぜ、この肩からかけるバッグがいいか、といえば、なんといっても両手が空いてる、という解放感がたまらないこと。それから手にもつバッグだと、買いものの時など、つい、そのへんに置いて、あわてて探したりするけど、その心配がない。百科事典にも「第二次世界大戦のとき、アメリカで流行したのが最初で、女性が仕事に動員され、活動的な生活を要求されるようになって生まれたもの」だそうですから、現代にぴったりなんですね。

さて、おととい、私は新劇の芝居を見に行きました。小さい劇場で込んでいまして、私の席は真ん中あたりの列の通路ぎわでした。開演を待つ間、プログラムを見ていたら、いきなりガーン!! と頭をなぐられたんです。なにごとかと振りむくと、大きなショルダーを肩にした女の人が後ろの席をかきわけ、中ほどに進んでいるところで、別に、わざとなぐったわけではないんですね。

「なあんだ」と思って、前をむこうとした途端、今度は、前から、つり針のようなものが私の頭にひっかかりました。今度は前の席の人のショルダーの飾りの金具が、髪の毛にひっかかったんです。その女性は「あら、やだ!」とかいうと、力まかせにむしりとりました。

「イタ・タ・タ」と思う間もなく、今度は左の耳から後頭部にかけて、ゴーン!! という衝撃。見ると左側の通路に、大きいショルダーの人が立っていて、通路をへだてたむこうの席の人に、おじぎをしてるんです。この日は、このあとも三回ほど、後ろからと、同じ列の遅れて来た人とにやられて、髪の後ろのマゲがとれて、ザンバラになりました。

私は人込みでは、肩にかけていても、必ずバッグは手で抱えるようにしていますが、この観客のみなさんから、ひとことのおあやまりもないところをみると、ショルダーまで神経がとどいていないのでしょう。新劇を見にいらっしゃるのだから、社会性が、おありのはずなのに、と驚きました。

そして昨日、ファッション・ショーを見に行ったら、なんと「自分さえよければいい」というふうに思われがちなナウな若い人たちが、劇場より、もっと込んでるホールなのに、

「あいうえおブック」1965／世界文化社

あいうえお幼稚園裏門

だれひとりとして、そのショルダーをぶつけなかったんです。不思議なこと、と私は思いました。

刊本作品No.119「エリアナ姫と蝶」1979

「森で見た馬車」1974／大澤コレクション

確かめて下さい

一カ月ずつまとめて送ってくる、私に関する新聞や雑誌の切り抜きを見ていたら、五月八日付の、大阪のある大きな新聞の「マイクに一言」という欄に、こういう投書がのっていました。それは加古川市の橋さんという女性からのもので、見出しが「二枚目に気の毒」で、内容は、〝ジュリアーノ・ジェンマの名を見て『徹子の部屋』にチャンネルを合わせましたところが「お子さんは何歳までおねしょしたか？」とか、「オナラのイタリア語は？」など、ごあいきょうにしても黒柳さんのくだらぬ質問〟――。

私はとび上がりました。たしかに、ジェンマさんには出て頂きましたが、私が伺ったのは、そのころ話題になっていた「モロ事件をどう見るか」、とか、「イタリアの政局に対する彼の考え」、また、「イタリアの俳優は、自分の思想的な立場をはっきりさせているのだろうか」、というようなこと。それから、アメリカのまねをして作ったマカロニ・ウェスタンに、イタリア人の名前で出演したのでは、イタリアで見てもらえないので、モンゴメリーというアメリカ人らしい芸名で出ていた初期のころの悩みとか、およそ、この投書とは違う話をして頂いたんです。おそらくこのかたは、私の番組と他の番組を混同なさったのだと思い、私はとりあえずその新聞社に手紙を出しました。

さて、私がいまこんなことを書いている理由は、〃なぜ、その新聞が投書をのせる時に、ひとこと『徹子の部屋』に、「そういう話題が出たか?」と聞いて下さらなかったのだろう? 私たちは、全部テープにとってあるから、聞いて頂けば、すぐ、そういう事実はなかった、とわかって頂けたのに〃——ということなんです。一度印刷になって出てしまうと、私のスタッフが、死にもの狂いで下調べをして来てくれて、私が心をこめて話を伺っても、こういうふうに国際性のない無神経な番組という印象になってしまいます。そして、怖いことがあって調べたら、いくつかの新聞社が、ほとんど確かめないで、こういう投書をのせているらしい、ということなんです。

おねがいです。どうぞ、こういう「事実に関する」ことは、確かめて下さい。万が一、悪意で書く人がいるとしたら悲しい結果になるし、番組をごらんになったかたは、投書を読んで混乱なさるし——。いま電話でわかったこと。ジェンマさんの来日中、行動を一緒にしてらした代理店のかたの話で、ジェンマさんが出演なさった今回のすべてのテレビで私は勿論《もちろん》ですが、他でも、この投書のような質問は出なかった、ということです……。

「じゅうにんのいんでぃあん」1960／キンダーブック

本来の呼び方

　私たちは、パンダの「カンカン」と「ランラン」を知っています。日本に来たときからそういう名前だから、そう呼びます。でも、もし中国から「オスの名前は〝康康〟です」と〝字〟だけで贈られたとしたら、きっと「コウコウ」とでも、呼んだんじゃないでしょうか。でも、これは中国式に読めば「カンカン」なのですね。こんなふうに初めから「康康」という字でも、同じときに「カンカン」と音でおぼえてしまえば簡単です。

　パンダを引き合いに出しましたが、私たちは、漢字が読めるばっかりに、しかもそれが日本式読み方であるばっかりに中国や韓国の方たちの名前を（地名もだけど）、ご本人たちとは違うようにお呼びしてしまうんですね。この問題は、かなり前から、いろいろ論議されていますが、やはりその国の方が、お呼びになるように……というより、本来の名前でお呼びしなければ失礼だと思うんです。

　この間も、外国人の多いお食事会のとき、話が韓国のことになり、日本人のどなたかが

「朴《ぼく》大統領は――」と、おっしゃったら、そこにいらした韓国の方が「恐れ入ります。われわれの大統領はパクという名前ですからそう呼んで下さいませんか?」とおっしゃったんです。そしてそのとき、みなさんに伺ったら、韓国では福田総理のことを「福田総理《ふくだチョンリ》」、中国では「福田首相《ふくだシヨウシヤン》」とちゃんと日本式にお呼び下さってる、とわかったんです。おそらく、それぞれの国では、「福田」は違う読み方だと思うんですけど……。

そういう言い方でいくと、毛沢東さんは「マオ・ツォートン」、金日成さんは「キム・イルスン」。例の四人組の江青女史にいたっては「チアン・チン」ですから、われわれは、まったく違うふうに呼んでるんですね。でも、字を見てしまうと、こんなふうには読めないから、つまり「おぼえられない」ということになってしまうんでしょう。ところが、初めから漢字でない国の方の名前なら、キッシンジャーだの、ジスカールデスタンだの、ブレジネフといった、こんがらがりそうな名前でも耳からとか、片仮名なら、おぼえてしまいます。

ですから、新聞や雑誌で漢字の方のお名前は、平仮名か、片仮名で、ルビ(振り仮名用活字)をふって下さったらなあ……と思うんです。「鄧小平《テン・シャオピン》」というように。そしたら、自然におぼえられるし、少なくとも、これからの子供には正しく教えてほしい、と私は願っているんです。

「ゆうびん」1958／キンダーブック

動物会館

お答えに汗ダク

来週の土曜日は七月一日になるので、六月いっぱい、というお約束の私のこのコラムは、今日でおわかれになります。その間、読んで下さった皆さんから、たくさんのお気持ちのこもったお手紙や電話を頂きました。本当にありがとうございました。心からのお礼をいわせていただきます。ついでに、私のテレビを見て下さってお手紙や電話を下さるかたがたにも、この場所を拝借して感謝の気持ちをお伝えしたいと思います。なかなか、お一人お一人にお返事をさしあげられないんですけど、頂いたお手紙や電話の意味をよく理解して、少しでも自分の仕事をよくしていくことがお返事になると思って、がんばっています。これからも、よろしくおねがいいたします。

ところで、今日は『徹子の部屋』の放送中に、かかってくる視聴者のかたの電話の中から、ユニークなのをご紹介したいと思います。電話は、スタッフがうけたまわるわけですが。

①昨年の暮れ、二日間だけ公開でごらん頂いたことがあるんですけど、そのとき、ゲスト

の永六輔さんが、客席から私の部屋に駆けこんでいらしたとき、入り口の階段につまずいて、ドタッ！　と私の目の前によつんばいで、入っていらしたんです。そしたら、女性からですが「いまの、永さんの格好が面白かったので、もう一度、スロー・ビデオで、あすこだけ、見せて頂けません……？」

②私が風邪で、かすれ声を出していたときのこと。女性から「心配してます。前にうちの犬が、かすれ声で困ったとき飲ませたらなおった薬が残ってますから、お送りしましょうか……？」

③中村メイコさんがゲストのとき、お互いに、小さいとき、スパイになりたかった、という話をしてましたら、男性からで「実は……（小声）私は、多少スパイ関係の仕事をしているもので、名前はいえませんが、これは命があぶないときもありますから、おすすめ出来ません。特に、お二人は、肉体的にもこれからじゃちょっと無理と思われます……」

④「いま、黒柳さんの着て出てるブラウス、どこで買ったんでしょう。私はサイズ、11なんですけど、同じなのありますかしら？」

どなたも、本当に善意でかけて下さってるんです。スタッフも「よく見てて下さってうれしい」と、お答えに懸命になりながら申しております。では、いつか、また。

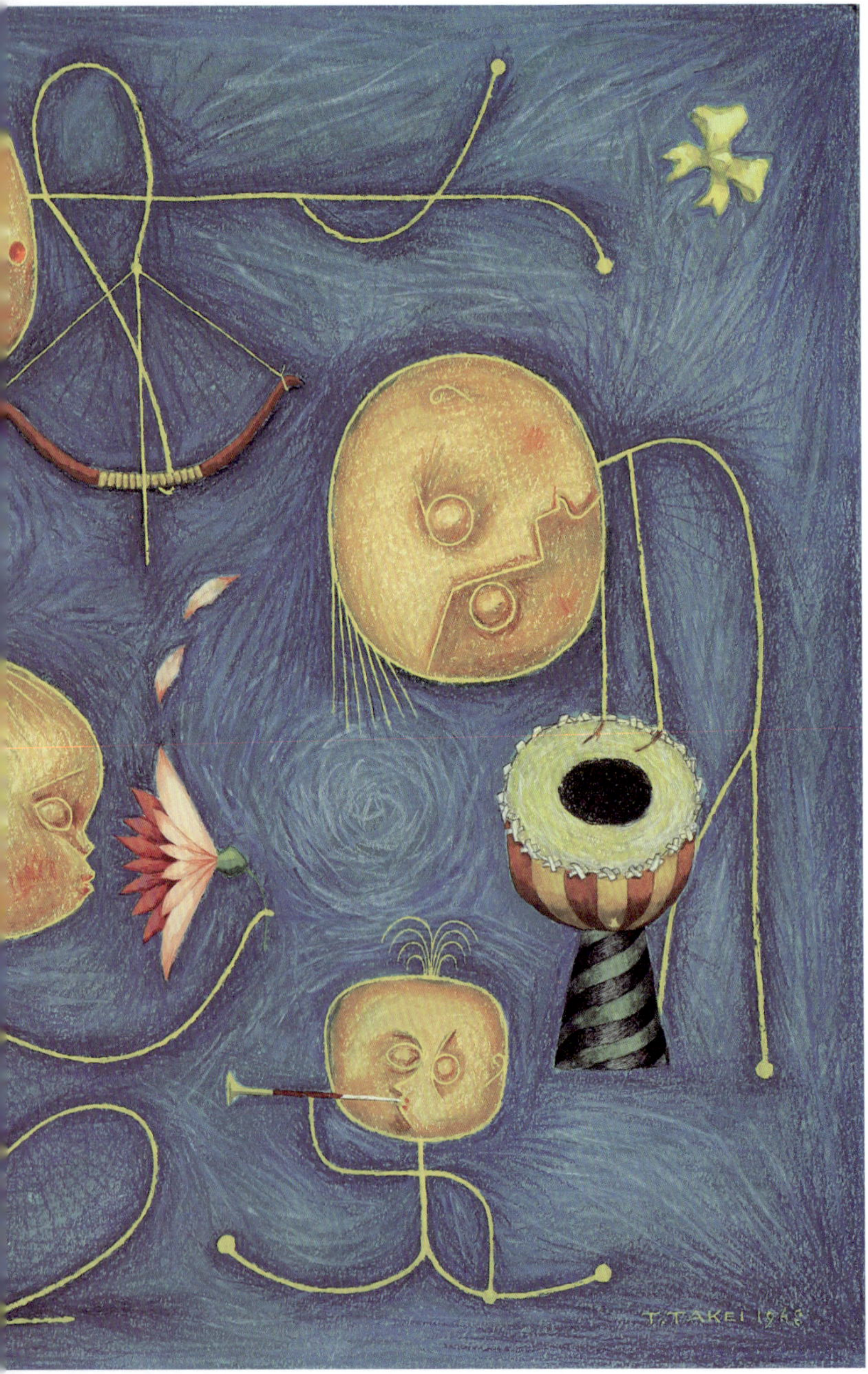

「ぷんぷるぷん」1968

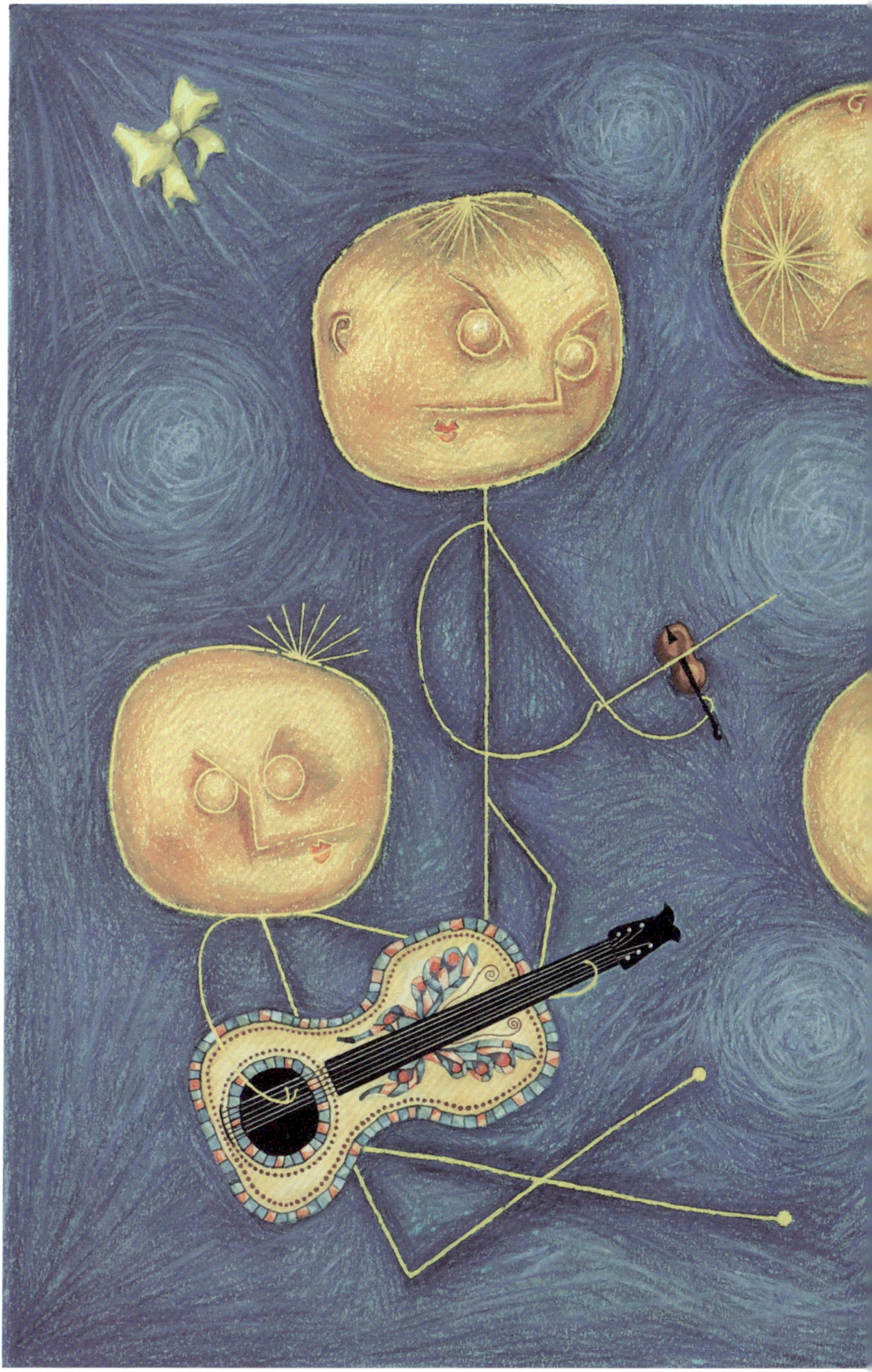

Part 2

「6音6画」より

「がんがらがん」1968

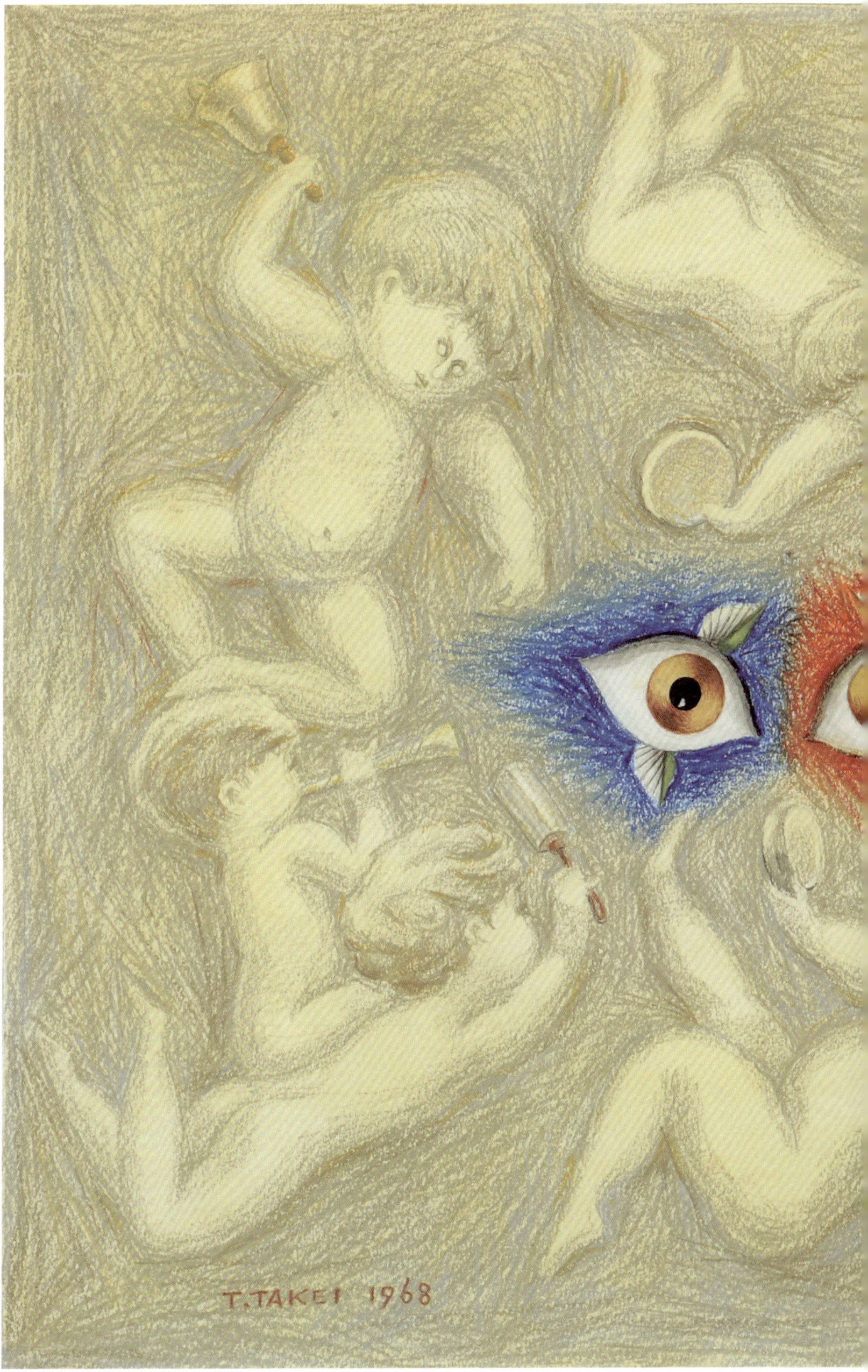
T.TAKEI 1968

口は禍のもと

私はなにしろ、小学校一年生のときに、しゃべりすぎて退学させられたという、ひどい経験を持っています。だいたい一年生というのは、ただでさえ、うるさいものなのに、私はそれをはるかにうわ回るひどさだったらしく、「ほかの生徒さんのじゃまになりますので、できることなら身を引いていただきたい」という先生のご要望で、両親も仕方なく私をもらい下げたという、小さいときから「口は禍のもと」を実感して来た人間です。ですから、現在に至るまで、おそいかかった禍は数しれずです。

その中でも、自分でも、ちょっと失敗だったナ、と思うのに「内縁関係事件」というのがあります。

何年も前のお話ですけれど、劇団の先輩の女優さんが、あるとき目出たくご結婚なさいました。その披露宴でのことです。どういうわけだか、私が同期生を代表して、お祝いの言葉を述べなければならないことになったのです。そこで私は仕方なく立ち上がりました。

実は当日まで知らなかったのですが、偶然その方のご主人になる方を、私は教会で存じ上げていたのです。ですから私は得意になって、

「みなさまはご存じないでしょうけど、実は私はよくご主人を存じ上げているのです」そういうことを、一番短く、ステキにいいあらわすには、内縁関係という言葉が適切だろうと思ったわけです。ナンデそのときにその言葉が頭にうかんだかわかりませんが、私は立ち上がっていいました。

「えー、本日はオメデトウございます。さて実は私と、新婦のご主人とは内縁関係で……」

そこまでいったとたん、場内は急にシーンと静かになって、隣にいた男の子が手をギュウとひっぱって「すわれよ！」と命令しました。

私は、なんでこんなにその子がおこるのかわからないで、キョトンとしていましたら、次に耳がヘンになるぐらいみなさんがお笑いになりました。あとで、内縁関係の意味を説明されたとき、私は死にたくなるほど恥ずかしく思いました。それ以来というもの、いろいろの方が結婚式に呼んでは下さっても、「お祝いの言葉を」などというご注文は二度となくなりました。

そんなこんなで、ひところ、私は、沈黙を守る女になろうと決心したことがありました。

「4番おばけ・5番おばけ」1958

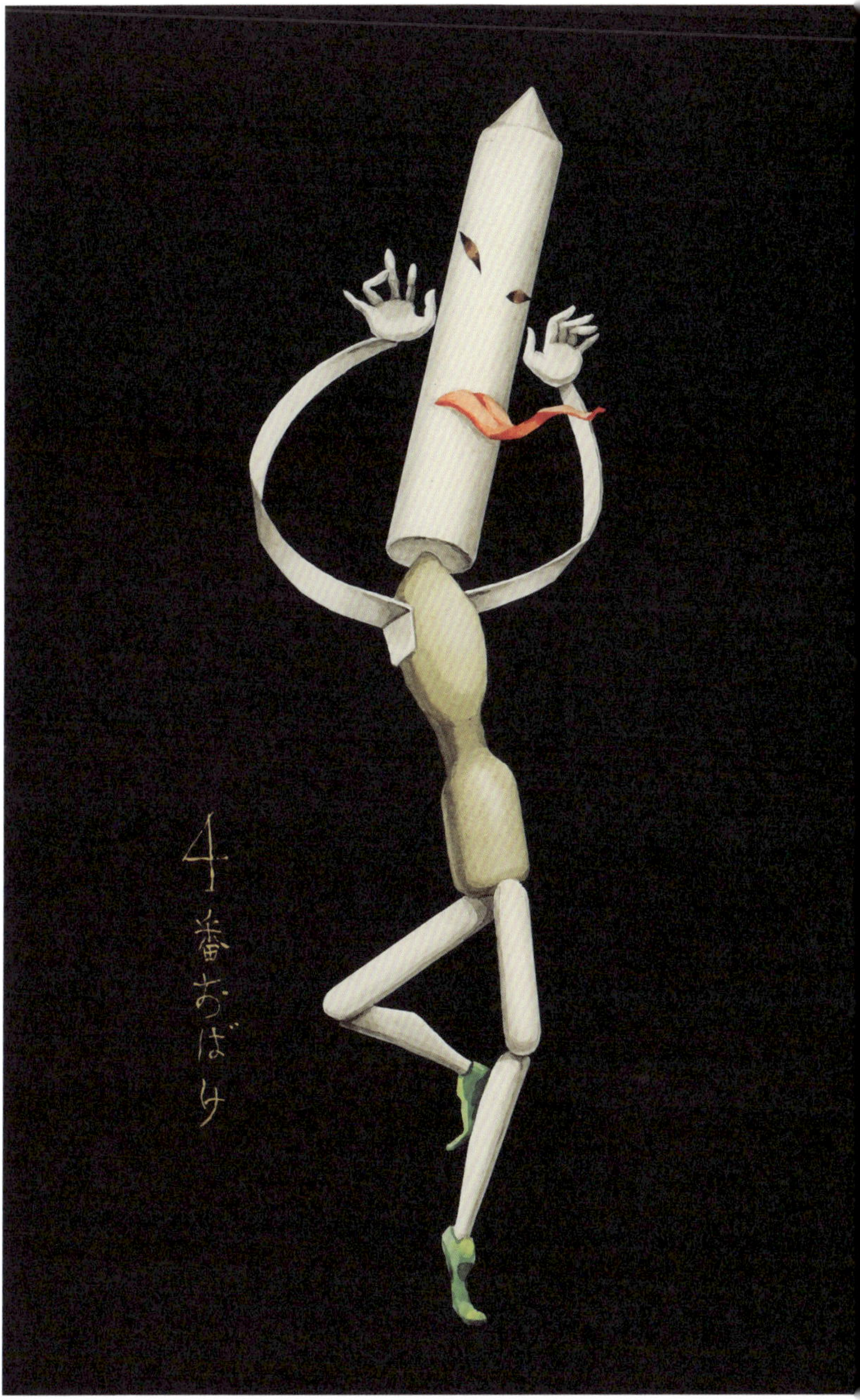
4番おばけ

ところが、まわりの方たちから「病気……」とか「なんかなくしたの？」とか、ひどくうるさく聞かれて、説明するのに余計しゃべったので、いつもの倍ぐらいご飯をたべなければなりませんでした。

お仕事のときは、幸いに台本という便利なものがありますし、お稽古もありますので、私が間違っても、プロデューサーの方が注意して下さるので安心です。

でも、司会などという台本なしのお仕事もふえてきましたので、皆様をあきれさせ、嘆かせる失敗をまた沢山するのではないかと心配です。

特に人生には、お稽古がありませんものね。

はだかの学校

この間、ＮＨＫの「話のトロフィー」という台本なしの、自分の好きなことをお話していいテレビ番組で、私の小学校時代のお話をしましたら、「その学校はどこにあるんですか？」とか、「今でもあるんですか？」というお問い合わせが沢山ありましたので、この場所を拝借してお答えさせていただきたいと思います。

先週ここで申し上げましたように、しゃべりすぎてというか、好奇心が強すぎて小学校を一年で退学させられた私を抱えて、両親は「二度と娘が追い出されない学校」というのを懸命に捜してくれました。

その心が天に通じたのか、そのころ、東京の洗足《せんぞく》に住んでいた私の家のわりとそばの自由ケ丘に、私をよろこんで、収容してくれる学校が見つかりました。

私は一目見て、この学校がヒドク気に入りました。なにしろお教室が全部、国鉄払い下げの「電車」でできているんです。校庭のはじから順に、学年別に電車が並んでいます。

「ハメルンのふえふき」1966／キンダーブック

T.Takei 1966

普通の学校なら生徒の数が多いので、電車が何台あっても足りないでしょうけど、この学校は、そのころから男女共学で、私のクラスが一番多くて八人、一級上などは一人だったので、よく私たちのクラスと一緒にされてお勉強していたぐらい、数が少ないので、そんなに沢山電車は必要なかったわけです。

運転手さんのいらっしゃる所に黒板がぶら下がってて、そこがお教壇です。生徒はそっちむきにお机を並べます。雨が降るとガラス窓をしめ、陽が強いと、よろい戸をおろして、私たちは、比較的、文化生活をしていました。

なにしろ、この学校の校長先生、小林宗作氏の主義が「できるだけ生徒を自由に、のびのびと育て、それぞれの個性をのばす」ということでしたので、私は、もう、のびのびと、しゃべって、しゃべって、しゃべりまくりました。

プールで泳ぐときは、男の子と女の子が体のちがいに興味をもたないようにというので私たちは全部、自然の形、つまり、水着なしの、裸で泳がされました。そういうものだと思っていましたから、別に何とも思わないで、私はいつも、はねまわっていました。お弁当の時間がまた、この学校らしいこったものでした。

お昼になると、私たちは全部講堂（講堂だけは電車じゃない、本物の建物）にまるくお机を並べお弁当箱を開いて、校長先生のケンエツを待たなければなりません。

なぜならば「海のものと、山のもの」の両方を——おのり一枚でも梅干一つでもいい——おかずに持って来なければいけないことになっていたからです。そのあと、毎日交代で、みんなの前でお話をします。なんでも自分の話したいことでいいんです。小さい時から人の前でしゃべれるような訓練をされていたわけです。私の一生を通じてこんなに、なつかしく素晴らしい生活はなかったと思っています。

終戦直前に、この学校が全焼したという話を疎開先で聞いた時、火に包まれた電車が、かわいそうで、私は何日も泣きました。今はもう小学校はなくて、幼稚園だけですが、校長先生はご健在です。（注　これをかいた三年後の昭和三十八年に、先生は悲しいことに亡くなりました）

「おおきくなるたべもの」1965／キンダーブック

MILK

〃熱帯〃スタジオ

テレビに出していただくようになってまもないころ砧《きぬた》にあるNHKの技術研究所からカラー・テレビに出演して下さいというご注文がありました。

「進歩した人間には、やっぱりお仕事もそれ相応に進んだのが来るのよ、では、ゴメン！」家族たちに大見得をきって、私はサッソウと出かけて行きました。

さて、バスに揺られて、やっと遠くのスタジオについた私は、愛想よくニコニコして係りの方に「役は、なんですか？」と伺いました。

するとと意外にも「いや、別に役はないんですよ、顔の右半分を白に、左半分を紫に塗りわけて、カメラの前に立って下さればいいんです。色のテストなんですから気楽にやって下さい」というご返事です。

ミュージカルやステキなドラマを想像していた私はすっかり絶望的な気分になって「そんなシマ馬みたいになるのだけは、イヤです」とだだをこねました。

「シマ馬なら、私みたいなアンパンみたいな顔より、もっと長くて似合う方をご紹介しますから……」とか、いろいろいって、やっと放免していただきました。でも、こんな実験的な時代はすぎて、いま毎週カラー番組「パノラマ劇場」に出させていただいています。

カラー・テレビで一番つらいのはライトが暑いことです。それでも今は昔からくらべると、ずっと楽になったそうですが、なにしろ昔はワイシャツなんか一回着て出ただけでボロボロ。黒の紋つきは、一ぺんでヨーカン色。

髪の毛の薄い出演者の方が、本番が終わって頭に手をやったら、大切な残りの髪の毛が影も形もなく焼け切れてしまってて、すっかりユーツにおなりになったとか、お吸い物の水が乾き上がって、お椀の底にお塩が出来たとか（これは少しオーバーだと私は思いますけれど）、でも、そうはいっても、私たちはいまでも、なんとかして暑さをさけようといろいろ工夫していています。

一番簡単なのは、手に持ってる台本を大島のアンコ式に頭にのせとく方法です。もう少し高尚になると、小道具のカンカン帽やこうもりがさを拝借します。でも、本番になると、こんなことはできません。従って汗は流れ放題、するとニクイことに、汗の出た所だけ黒ずんできたなくなってしまうんです。この間も、おいしそうなおスシとサンドイッチが、消えもの（お芝居の中で食べるごちそう）に出ましたが、「アッ！」というまに、マグロ

「三姉妹」1970

は茶色に変色しましたし、サンドイッチのパンは反対方向にそり返ってしまいました。

ふつうなら、消えものはお芝居の始まる前に五分の一はいただき、本番終了と同時に残りの五分の四はサッサといただくのが私の習慣なんですけれど、これにはいくらガッツキの私でも手が出ませんでした。

動物を〝食った〟話

「俳優は子役と一緒に芝居をすると、子役に食われ、子役は、動物とすると、食われる」という説があるそうです。もちろん、この「食われる」というのは、食いつかれる意味ではなく、芝居の上で人気をさらわれることです。

そのぐらいですから、大人の私が動物と共演したところで、得なことは、ひとつもありません。

テレビの初期のころ、チンパンジーのお嬢さんと、ご一緒させていただいたことがありました。打ち合わせの時から妙にそのお嬢さんは、私になついて、本読みのときなどは、私のひざの上にのっかっていたぐらいです。

お友だちの説によると、自分と同じ種類だと、思ったんだろう、ということですが、とにかく当日のテストまでは、気心の知り合った、俳優同士という、間柄でした。さて、彼女の役は、上等なホテルに泊まりに来たお客さん、私はその部屋のボーイという役です。

1957／幼稚園ブック

ちる
さ

お嬢さんが鏡の前で、お白粉《しろい》をつけ、口紅もつけ、くしで頭をとかしているところに、ごちそうをのせたお盆を持って、私が入って行く、というところから始まります。

テストは実にうまく、スムースに運び、お嬢さんも、一応、プロデューサーのきっかけの合図を見てからお芝居を始めたりして、われわれ一同は、安心していました。さて、本番です。

私は、お盆を持って、ドアの外に立ち「入っていい」という合図を待っていました。ところが、なかなか来ません。そのうちにやっとプロデューサーが、ヘンな顔をしながら「よろしくネ」と小声でいって、私を押しました。とにかくドアを開けて、私は中に入りました。ところが、お嬢さんの姿は鏡の前に見えません。「あのォ……」といって、キョロキョロしている私の目の前に、突然真っ白いマントヒヒみたいなものが、飛び出して来ました。私は、お盆をひっくりかえして逃げようかと思いました。どうやらお白粉を顔だけでなしに、体中にくっつけちゃったらしいんですね。そして、私のお盆からバナナを「カッ!」といって、ひったくりました。とびかかって来たらどうしようかと、私は生きた気もしませんでした。それからは、荒れっぱなし……。

どうやら、本番は時間どおりに終わりましたが、筋の方はメチャクチャになってしまいました。というのも、彼女が女性のたしなみで、ちゃんと毛糸製のパンティーを着用していたのを、みんなが「かわいい」といって、スカートを何度も持ち上げたのが、カンにさわったらしいという、飼育の方のお話でした。

そのほか、小犬を抱いて、ラブシーンをしてたら、本番でオソソウして、みんな私の手にひっかけて「これが、本当のぬれ場だね」とひやかされたナンテこともあります。

またあるとき、週刊誌の表紙の写真で、指にとまらせた小鳥の、くちばしに、私がくちびるをつけているところを、撮るということがありました。準備完了。私はニッコリ！ところが、シャッターを切った瞬間、小鳥が、どういうわけだか、(自殺をはかったのか)私の口の中にとびこんでしまいました。このために、カメラマンの方は、演出をかえて、小鳥を花に、おかえになりました。ですから私は、演劇界のジンクスを破って、動物を「食った」ことが一回あるわけです。

「みなさんおめでとうございます」1961／キンダーブック

花束渡しの役得

劇団民芸の公演『どん底』の千秋楽の日、私は、ＮＨＫからの花束を持って東横ホールに伺いました。

私の役目は、サーチンの役をなさった清水将夫さんに、花束をさし上げることです。お芝居が終わって、出演者が、ずらりと整列なさる、カーテンコールになりました。

いよいよ、私の出番です。ところが、皆さまもご存知のように、『どん底』というお芝居はみんなこじきのようなボロボロの衣装。しかも外国ものですから、赤毛のかつらに、つけ鼻、目の形も、いつもと全然違ってるといったぐあいなので、ぎりぎりの時間まで放送をしてて、舞台を拝見していない私には、「どの方が清水さんなのか、わからない」という大変困ったことに気がつきました。正面からだったら、まだわかるでしょうけれど、舞台の前の方に一列に並んでらっしゃるのを、そで幕から見ると、まるで串《くし》にささったメザシを横から見てるようで（失礼！）かいもく見当もつきません。仕方なく、運を天にまかせ、だいたいのあたりをつけて、私はとび出しました。他の方に渡してしまったら大変。そうかといって、立ち止まって、ジロジロお顔を拝見するわけにもいきません。そこで私は、顔の方はニコニコしながら、腹話術よろしく「清水さんはどこですか？　清水さん？　清水さん？」と口の中でいいながらゆっくり進みました。するとありがたいことに、並んでらっしゃる方《かた》のほうもニコニコしながら「もう少し先」「隣ですよ」というふうに教えて下さったので、やっと、無事にたどりついて、目的を果たしました。

というぐあいに、お振りそでを着て、ニコニコとお花を渡すという、客席からご覧になったら実に簡単そうに見える「花束贈呈の儀」にも意外な苦労があるんです。

でも、ひとつ気になることがあります。それは、花を持って、舞台に出てから、ゆうゆうとまず客席におじぎをして、それから目的の方の前に進んで行き、ひっこむときまた客席におじぎをなさる方がありますけど、あれはおかしいのではないかと私は思うんです。でも観客の皆様はどうお感じでしょうか？

こんなに文句はいうものの「花束贈呈の儀」には、いわゆる役得というものがあるので、ついついお引き受けしてしまいます。それはなかなか、切符を買うのが大変な演奏会とかオペラなどを、ただで聴けたり、見られたりすることです。ウィーン・フィルハーモニー交響楽団が演奏なさったときも、ただ聴きをして、おまけに、あのカラヤン氏にお花を渡

「かえるのがくたい」1953／キンダーブック

した時は、握手までしていただいちゃいました（もっとも、男の子にいわせると握手をしてもらったから、どうだっていうんだということですけれど）。

私のお友達に、熱狂的なイブ・モンタンのファンがいます。彼女はコネクションをつけて、モンタン日本公演の時「お花を渡してもいい」という権利を獲得しました。それからというもの、彼女はフランス語を先生について習い「素晴らしかったワ」という言葉をついにおぼえ、お花を渡すときに、素早く彼にささやく、というステキなプランをたてました。ところが彼の訪日が中止になり、彼女の計画も水のアワ。その時のなげきようといったら可哀想なものでした。「でもフランス語を一個おぼえただけでも損はなかったじゃない？」と私は彼女をなぐさめました。

ご安心あそばせ

私のまわりには、商売柄自家用車をお持ちの方が沢山いらっしゃいます。そして、それぞれ車の形が個性的なのはもちろん運転も運転マナーも非常に個性的でいらっしゃいます。

ある時「あまり上手ではないけれど」とおっしゃる中年の俳優さんの車に、乗せていただいたことがありますが、私は多分けんそんしていらっしゃるのだろうと安心していました。ところが、曲がり角に来て私が、「ここを右に曲がって下さい」というと「右か……えーと、右は、むこうから来る車の間を通らなきゃならないから、まだ無理だナ。左じゃだめですか?……じゃ、もう少しまっすぐに行きましょう」とおっしゃるのです。そんな心細いことを、くり返しているうちに、とうとう私の目的地新宿とは、まるっきりちがう恵比寿に出てしまいました。私はどうしても新宿に行きたかったのでタクシーに乗り換えました。その方が、どうやって、お家からＮＨＫまで通っていらっしゃるのか、今でも不思議に思っています。

「おまわりさんありがとう」1957／チャイルドブック

禁転回
NO
U TURN

有名な三枚目俳優のお兄さまが、スピード違反をやって、おまわりさんにつかまり、「署まで来て下さい」といわれました。仕方なく顔を出すと、署長さんがニコニコして「家中あなたのファンでね、ひとつサインをして下さい」と紙をお出しになりました。そしたら他のおまわりさんまで、たくさん集まってらして、みなさん「ファン」だとおっしゃるので、すっかり気をよくした彼は、心の中で「シメタ、これで罰金はただになるぞ！」と思って、サインはもちろん、一時間ばかり、ありとあらゆる芸当をやって、みなさんをゲラゲラ笑わせました。ころあいをみて、「では……」と引き揚げようとしたら突如、真面目な顔にもどったおまわりさんから莫大な罰金を請求されたそうです。「どうせ払うんなら、さっさと帰って来ればよかったヨ」とものすごく口惜しそうにおっしゃいました。でも警察って、とても民主的だと、私は思いました。

民放の連続番組を書いてらっしゃる作者が、交通違反で、おつかまりになった時のお話、その方はおまわりさんが怒って、車のそばに寄ってらしたら、「君！ 僕は〝おまわりさん敬礼〟を書いてるんですよ！」とおっしゃったそうです。でも、「この際、関係ない!!」と、ちっとも効き目がなかったと伺いました。

こう書くと、いかにも沢山の方が、つかまってるようですけれど、そうでもありません。絶対につかまらない慎重な運転を、してらっしゃる方もいらっしゃいます。もっともそういう方は免許証なしでやってらっしゃるので慎重なんでしょうけれど（ヒミツの話）。

私の親友の女優さんはルノーを持っています。そして時々、男性をお家までお送りするなどというイキなことをしています。私もうらやましくて、運転を習いました。でも人が歩いてると「キャアー、人がいます」といちいち止めて、運転の先生に「そりゃ、人はどこにもいます」としかられたり、いくら説明されても、車の動くのが不思議で仕方がないという、野蛮人なみの頭の持ち主ですから、やっぱりイキがらず、ヤボで通すことにして、練習所通いは止《や》めてしまいました。警視庁のおじさま方も、ご安心のことでしょう。そして道路をお歩きになるみなさまも……。

「Jokerの玉乗」1978

Joker

盗むのにも年期

この間の朝、私は退屈して、新聞の求人欄を見ていました。すると妙なことに気がつきました。「求む、社交女性細面……」「求む、お座敷女中さん細面……」。そこで母に、「どして、このごろ、人を募集するのに、ほそおもての人っていうのかしら？　そんなに細面のほうがいいのかなア……私なんてまるで失格だワ」といいましたら、母が「本当？」といって、新聞を読んでから「貴女《あなた》、これは委細面談の略でしょう？」といいました。なるほど、次の日の新聞を見てみたら「委細面」というのもありました。その日は、ちょうどみなさんが、字数を節約なさったんですね、きっと。

それぞれ、専門の言葉はあるものです。

テレビにもいろいろと専門語はあります。

お芝居や映画から来たものも多いそうで、アメリカ式のテレビ用語が勿論《もちろん》、多いですけど、素人の私には、驚くことばかりでした。また、初めのころの本番当日のおけいこのときです。ディレクターが「ここは黒柳君の肩を、なめるから動かないでね」とおっしゃいました。私は防御的姿勢をとりながら「台本にそんなこと、なかったじゃありませんか？」といいました。するとカメラマンのかたが「いや、芝居にはないけど、僕の方で、なめるから大丈夫ですよ」。私はみんなを敵ガイ心に満ちた目で、にらみました。

説明をうかがったら、なんのことはありません。私の肩越しに、何か写すことを、「肩をなめる」というんだそうです。それ以来、頭も鼻も、ほっぺたも、一通りなめられてしまいました。また、ある日は、カメラリハーサルの最中、アシスタント・ディレクターが私に「黒柳さん、逃げて下さい」と叫ぶではありませんか。何か事件が起ったのだろうと、私は、必死にスタジオの外まで全速力で走って逃げました。うしろを振りむくと、さっきのディレクターが、追いかけていらっしゃいます。「大変！」、私は、もっと走って、NHKの建物の外まで逃げました。どこまで逃げればいいのかと考えているところで、つかまってしまいました。なんと「逃げる」というのは、前のシーンから大急ぎで、次のシーンの装置まで行くことだと、そのかたが教えて下さいました。といっても、大急ぎで行く、というだけではなく、走ってる間、前のシーンの最後は、何かを写して、つないでおくから、その間に、大急ぎで、「逃げて下さい」ということなんです。ナマ放送なので、こういうことが、必要なんですね。急に、私がスタジオの外にとび出したので、みなさんは、

「とうもろこしどろぼう」1974／キンダーおはなしえほん

とても、びっくりなさったと、あとで伺いました。また「盗む」という言葉もあります。これは、人さまの物を盗むのでなく、自分の視線を盗むのです。つまり、二人の人間が対話しているとします。一人ずつの、正面のクローズアップがほしい場合、映画でしたら、そこでカットを、あらためて、相手役をどかして、そこに（つまり正面に）カメラをすえて、撮ることができますが、テレビではそうもいきません。すると、どしても顔は少し斜めになってしまうのです。そこで、自分のアップの番が来たら、ちょっとカメラの方に顔をむけて、そこにウソの相手を作って、アップが終わったら、すばやく本当の視線にもどったりすることを「盗む」というのです。ところが、これを失敗すると、こういうことになります。

ある時、ちょっとした盗みを働いて家に帰ると、母が「貴女、前からやぶにらみだったかしら……どして人と話してるとき、ヘンな方をむいてるの？」といいました。私がアップだと思って一生けんめい盗んでいた時、カメラは二人の全体を、撮っていたんですね。何の商売でも、見つからずに盗むのには、年期がかかるらしいです。

五百万台の前で

私は学生時代、カンニングというのを、したことがありません。といっても、決して正義感から、やらなかったのではなく、何度もやりかけて、準備はしたのですけれど、生まれつき不器用なので、試験が始まらない前に、カンニングペーパーを落としてしまったり、モタモタして一度も成功しなかったのです。

学校を卒業して、もうカンニングとは永久にオサラバと思っていましたけれど、テレビのお仕事を始めて、ここにもカンニングをなさる方がいらっしゃるのを発見した時はびっくりしました。テレビの場合は、おぼえられない「セリフ」をカンニングするのです。

これは学校の試験とちがって、ヤマカンの必要がありませんけれど、そのかわり、学校の時は、一人の先生の目をかすめれば、よかったのですけれど、テレビでは、どのくらいの方の目をかすめれば、よろしいのでしょうか……。ですから、その方法も高度のテクニックが必要になって来ます。

「みそかいばし」1978／フレーベルのえほん

左

一番簡単なのは、セリフを書き込んだ、新聞、お扇子、週刊誌などを手に持って、それをお芝居しながら、見るともなく見る方法です。また、だいたい視線のいく範囲のセットの壁などに書いておく方法もあります。でも、これはたまに失敗することがあるようです。いつか、大変に偉い俳優さんが「ついたて」に書いておおきになりました。いざ本番で、そのセットに入ってらしたら、ついたては、カメラの邪魔だというので、すでにどかしてしまってありません。でも、なければお芝居が先に進まないので、その方はおもむろに「ついたて！」とおっしゃいました。そしたら、本番にもかかわらず、ついたての方で、ノコノコと出て来たそうです。

ある男性のコメディアンは、長火ばちの中にカンニングペーパーをしのばせて、細工はりゅうりゅうと、本番におのぞみになりました。ところが、世の中はうまくいかないもので、あいにくとその日の相手役の女性コメディアンが、ふだんからあまり仲の良くない方……というより、その男性がいつも意地悪をなさってる方でした。本番で、その紙をのぞこうとなさると、お姉さまは、火バシで、その紙に、灰をパッパッとおかけになる、やっと、指で灰をはらって、見ようとなさると、またパッパ。とうとう、セリフが一言も始まらないうちに、火バシのとりっこが始まった、ということがありました。「ふだんの行ないが大切なことをしみじみ感じたよ」と、あとで、その方は述懐していらっしゃいました。

また、うまくカンニングができても、読む時にまちがえては何にもなりません。ある方は「先生は……」というところで「先」と「生」の行が変わっていたら、「さき……いや……せんせいは……」とおっしゃってました。私も一度、どしても「人権擁護委員法」という言葉が出て来ないので、マユずみで、本番前に、手のひらに書いておきました。ところが、汗をかいて、おまけに物を持ったりしたので、そのセリフに来た時には、手のひらはまっ黒け。どうやらセリフはつつがなくいいましたけど、本番終了ころに、その手で顔をこすったので、鼻の下が黒くなって、ねずみのようになりました。よほど、スリルが好きな方以外、やっぱりカンニングは止めて、おぼえた方がよさそうです。

「てじな」1957／キンダーブック

降ってわいた災難

テレビというものは、しばしば、突発事故が起こります。でも大勢の方たちでしてる、複雑なお仕事ですから、どしても、なにか手ちがいが起こるのは、仕方のないことでしょう。全く本番になると、思いがけない、本当に、降ってわいたような災難が、おそいかかって来るのです。

例えば、テレビの初期のころのことですけれど、私が音楽会に行って、ロビーのような所で、恋人を待っている、というシーンの時のことです。本番が始まって、私は壁を背にして、人待ち顔に立っているお芝居を始めました。すると、突然、私は、後ろの大きな壁が、何となく、私に寄りかかっているのではないか、という気配を感じました。まさかと思って、体をまっすぐにすると、壁の方も、もとにもどるようです。そこで私はもう一度、上体を少し前に出してみました。すると壁の方も、私に寄りかかって、ななめになって休んでいる様子です。私は、壁をしょいながら、絶望的な目で、どなたか気がついて下さらないかと、あたりを見てみました。ところが、大道具さんも、まさかそんなことになってる、なんてお思いにならないから、助けて下さいません。

そのうち恋人役の登場です。彼も、もちろん、そんな事情をご存知ないから、「待った？さあ行こう！」と簡単にセリフをおっしゃいました。行こうたって、私がどいたら、大変なことになります。その時、本当に私は、ＮＨＫの「名誉」を、私の肩にしょっていたわけです。そのころ、やっと、おかしい、ということに気づいた方たちが、後ろにまわって、おさえて下さったので、無事に通過して、ＮＨＫの名誉を双肩にになった、という満足感を味わうことができました。

ついこの間は、こんな事がありました。私が芸者になって、日本の美を鑑賞なさる外人役の方に、三味線を、お座敷で弾いて差し上げる、という時です。どういうまちがいか、本番前に、いやに大きな、日本髪の、かつらが来ました。私はもっと小さいのが欲しかったのですけれど、そんな時間もなくて、本番になりました。何となく、不吉な予感がしましたけれど、顔を少し、あおむけにしていれば大丈夫ですから、私はそうして三味線を持って、〽からかさの、骨はバラバラ……という小唄を始めました。もち論、私が弾いて歌うのでなく、レコードに、口と手をあわせるのです。

あとで「骨はバラバラ」でなく「手はバラバラ」だったという批評もありましたけど、

「宮沢賢治童話集1」1971

とにかく、「バラバラ」までは気持ちよく進みました。次の〽紙ゃ破けても……という所で、私はお隣に座ってらっしゃる外人のお客様に愛嬌のひとつもふりまこうと思って、顔をお客様の方にむけました。そして、ニコニコしながら、〽紙ゃやぶ……までいったら、いきなり、「ガバッ!」と、目の上までかつらがかぶさって来ました。ところが、レコードは、どんどん音を出しているのですから、手を止めてなおすわけにはいきません。とうとう歌の終わりまで、そのままでいました。

でも、こういう突発事故が起こった時、「ああ、いらっしゃいましたネ。じゃ、こういきましょう」なんていうふうに、ゆうゆうと切り抜けることに、快感をかんじてらっしゃる名優がいらっしゃるそうです。そういう方のお話を伺うと、私などは、本当にうらやましくなってしまうのです。

空とぶ円盤の見学

私は前から空とぶ円盤が見たくて見たくて、たまりませんでした。それが、とうとうかなえられる日が来ました。『チロリン村とクルミの木』の作曲者の宇野誠一郎さんと、『アルゴー物語』の、やはり作曲者の冨田勲さんが、「見ないか?」とさそって下さったのです。「九月二十二日のあけがたの四時四十五分から、五時十五分までの間に、東京の西の空に、空とぶ円盤が五つ現われるんですよ」。私は「どして、そんなことが、わかるんですか?」と、びっくりして伺いました。「ちゃんと、空とぶ円盤研究会の機関紙というのがあって、そこから教えてくるんですよ」「じゃ、どして、その研究会では、それがわかるんですか?」「会員の中に、いつ来る、ということが、体で感じられる人がいてね、その人の予言の日に空を見ると、必ず現われるんです」「どこで見るんですか?」「東京で、一番高い所です」「どこですか?」「戸山ヶ原です」

戸山ヶ原が、そんなに高い所だということも初耳でしたけれど、それよりも、「いつ来る」

「ぬけだしたジョーカー」1978／キンダーおはなしえほん

なんていうことを予言できる方がいらっしゃるということが、なんとも、不思議でした。でもとにかく、こんなステキなお話はないので、戸山ヶ原にある『ブーフーウー』の作曲者小森明宏さんのお家で、見ることにお約束しました。

とうとう、当日になりました。ところが、まったくしゃくなことに、その日の午後東京地方は、雨がビショビショと降って、「ああ、ダメか」と、私は絶望してしまいました。でもありがたいことに夜になるとすっかり止んで星が出始めました。場所はいろいろ相談の結果、小森さんのお家ではご迷惑でしょうと遠慮して、NHKの屋上に変更しました。私たち三人のほかに、里見京子さんも来ました。人工衛星を見るのだと感違いをなさった親切な守衛さんが、ゴザを貸して下さったので、私達はそれに、お花見みたいにすわって、空を見ることにしました。冨田さんは「もしかすると東から来るかも知れない」と用心ぶかく、番兵さんのようにグルグル歩きまわっていらっしゃいます。宇野さんは、時々「早く来ないかなァー」とつぶやいては、身動きもなさらないで、西を見ていらっしゃいます。里見さんは「宇宙人にさらわれたら、どうしよう」と心配しています。私は、ただただ、来ることを祈って、ゴザの上でブルブルふるえていました。初秋のあけ方の風があんなに冷たいものだということを私ははじめて知りました。

ラジオで正確に合わせた時計が、出現の時間、四時四十五分を指しました。私たちはまばたきをするのも心配のような気がして、目を見開いたまま、西の方をむいて並びました。でも私たちの心配してたことが的中して、厚い紫色の雲が、壁のように空をふさいでいます。五時になりました。まだ現われません。五つそろって現われてはいるんでしょうけれど、それは雲のあちらのことで、私たちには見えません。そのうち冨田さんが、「あっ、来た！　来た！」とおっしゃいました。たしかに五つです。でも、それは、五羽のカラスでした。そして、とうとう五時十五分が過ぎてしまいました。でもだれも、だまされた、というようなことは口に出しません。みんな厚い雲のせいにしたのですから、不思議です。私も、お天気さえよければ、見えたのだと、いまでも思っています。さて、この次は、いつ来るのでしょうか！

「おつきさまのはなし」1957／よいこのくに

奇声に生まれて

いまから五年前、生まれてはじめて自分の声を録音で聞いたとき、あんまり変な声なので、私はとても信じられなくて「これはNHKの機械がこわれてるんだ」とすごいいきおいで、みんなに文句をいいました。けれども、それから何度も聞くうちに、ついに機械の故障ではなく、私の声帯の方が故障しているのだ、ということをみとめざるを得なくなりました。

どうも、自分で聞いてる自分の声というのは、あてにならないようです。といっても、決して私は、自分の声が美声だとか、セクシーだと、思っていたわけではありません。

小学生のとき学校のそばに、乾した草や、木の根っこなんかを並べたお店が道に出たことがありました。私が見ていると、売り屋のおじさんが「アフリカの土人が、朝起きて自分の健康ぐあいを調べるために使う、木の根っこを買わないか？」と私にいいました。朝起きて、その根っこをかじってみてにがかったら体のどこかがぐあいが悪くて、なにも味がしなかったら、健康なんだそうです。私が「たべられないのなら、いらない」というと、おじさんはちがった根っこを私に見せながら、「あの有名な石川五右衛門が、これを朝晩せんじて飲んだらば、玉をころがすような、きれいな声になったという。これを買わないかい？」とすすめました。幼いながらも、あまり自分の声をステキと思っていませんでしたから、私はお小遣いをはたいて、その根っこを買いました。考えてみると、石川五右衛門が、玉をころがした声だった、などというのは、聞いたことがありませんから、ずい分いいかげんな話ですけれど、とにかく家に帰ってせんじてもらって飲みました。

結果は現在の声をご参照いただきたいと思います。でも私はいい時代に生まれたので、「悪声」がいつのまにか「奇声」などという、ちょっと聞いた時は、いいみたいな名前で呼んでいただけるようになりました。このごろではとてもお仲間がふえて人形劇の『チロリン村とクルミの木』の出演者が一堂に集まると、「奇声コンクール」といいたいほど、いろいろ変わった声の持ち主がいらっしゃいます。もっとも、ほとんどの方は、演技で「奇声」をお出しになるので、私のように、生まれつきの奇声という方は少ないようです。でも、あるとき私が、悪声に悩んでいるといったら、お友だちが、私の利点をあげてくれました。次の通り。

一、痴漢におそわれた時、ひと声叫んだだけで、痴漢の方で恐れて逃げるから、身に危険

「じっきょうほうそう」1958／キンダーブック

ABITV

がない。

二、ふつうの人の倍の速度と高さでしゃべれるから、早回しの機械がいらない。

三、あなたしかできないという役がいただけるから、俳優として恵まれている。(例)ラジオにおける過去に評判のよかった役。ミミズの声、オウムの声、サルの声……等々。

一応これで私もなぐさめられた気持ちでいましたけれど、最近耳に入った話で、また悲しい気分になりました。というのは、NHKの受信料を集めに、係りの方があるお家に伺ったら、どうしてもそのお家で「払いたくない」とおっしゃるんだそうです。理由は「ヘンな声なんかを放送するから、NHKに払いたくない」「では、ヘンな声とはどんな声ですか?」と伺ったら、私のことだったそうです。でも、これをお読みになった皆さま、どうぞお願いですから、真似をなさらないで下さい。

女優たちの遊び

スタジオに入ってるタレントの中にも、いろいろ、はやりがあります。ドーランを落とすときに使うガーゼを、私たちはトロフキといいますけれど、このトロフキのふちを、いろんなレース糸で、きれいにふちどるのがはやったことがあります。テストなどで待っている時間を利用して、一人が始めると、スタジオのあっちでもこっちでもせっせとやり出すので、男の子たちに、「オバさんたち、内職いそがしいネ」なんて、ひやかされたりしました。出来上がると、気に入ってるお友だちに、プレゼントしたりするのです。

また、言葉のはやりもあります。この間うち、はやってたのは「なになにの、ようよ」というのです。たとえば、たしかにお腹《なか》がすいてる、とわかっているのに、「お腹すいたようよ」「なにか食べたいようよ」「スパゲッティー注文するようよ」などと、なんにでも、「ようよ」をつけて、バク然化するのです。でもあんまりつけすぎると、まわりから「少し使いすぎのようよ」と、いわれたりします。すると、「しかられたようよ」となるわけ

「遊ぶ妖精たち」1972／大澤コレクション

T. Takei 1972

です。

いま一番はやっているのは、映画の題名を、シャレにして答えるナゾナゾです。たとえば「こじきが、二人づれのお婆さんに、どうぞお恵み下さい、といったけど、お婆さんは、何もくれないで行ってしまった。そしたら、そのこじきがなんといったか？　それをジョン・ウエイン主演の空の映画の題名で答えよ」といったぐあいです。お答えは「紅の翼」つまり「くれないのツウー婆さん」。二人だから、英語のツウと、なるわけです。どうも字では感じがお伝えできないので残念です。ご面倒でも、シャレの所を、ちょっと声を出して読んでいただけますか？

「では次、大阪の人が（大阪という所にご注意）、チエの輪をやってて、やっと出来たとき、口から出た言葉を、戦後映画化された、ユージン・オニールの芝居の題名で答えよ……」。

お答えは、「ああ、こーや！」です。本当の題は『ああ、荒野』。

「それじゃ……お婆さんが、弓をひいていたら、そばで見ていた人が、えらいものだと感心してつぶやいた言葉が、オードリー・ヘップバーンのデビュー映画」。これは、もうおわかりのことと思います。『ローマの休日』で、つまり「老婆の弓術」。「じゃ、仙台で、朝早く、むこうから来た若い女の人に、どこに行くの？　と聞いたらば、ロバート・テーラー主演の大スペクタクル映画で答えた」。お答えは『クオバディス』。それが東北弁になっ

て「エン場でィす」つまり「工場です」となるわけです。(これの作者は、どうやら、フランキー堺さんだということです)

では、最後に私の作品をひとつ。「エスキモーのように、白夜、つまり夜になっても明るいところに住んでいる人に、私が、日本の夜は、こうなのよ、と教えたら、驚いて叫んだ言葉が、出演者、全部が黒人という、最近の話題作」。お答えは『黒いオルフェ』で、エスキモーが「黒い夜? フェーッ!」というのです。いかがでしょうか?

さて「6音6画」の最終回を、いま書いている私が、みなさまに申しあげたい言葉は、マーロン・ブランド主演の、日本ロケ映画で、つまり「サヨナラ」です。

あとがき

黒柳徹子

この本の「6音6画」は、昭和三十五年七月から十月まで。また「放射線」は、五十三年の、一月から六月まで、どちらも東京新聞に、掲載されたものです。

「6音6画」は、飯沢匡《ただす》先生が、解説に書いていらっしゃるように、先生が、タイトルの名付け親です。しかも、その頃、文章を書いたことのない私を推薦して下さったのも先生です。つまり、これは、私の〃初めての随筆〃というわけです。昭和二十九年、NHKから、テレビの女優として、私は仕事を始めました。テレビのために、NHKが養成した日本で初めてのテレビ女優、という事で、珍らしい、とお思いのかたも多くて、書く仕事の注文が、かなり早くからありました。でも私は、文学少女、というのでは全くなかったし、書く、ということに、あまり関心がありませんでした。というより、「書く」なんていう事は、到底できない、と考えていました。「書く」というのは、長いこと訓練をした、作家、という肩書を持った人だけに許された事だと思っていました。

もっとも私は、文学少女ではなかったけど、本を読むのは本当に好きで、その頃でも、一日に一冊くらいのスピードで、色んな本を読んでいました。小学校に上るちょっと前に、私は結核性股関節炎、という足の病気で、右足に石膏《せっこう》のギブスをはめて、一年近く入院をしていましたから、字は、とても早く、おぼえました。上をむいて寝てるしかなかったからです。そんな訳で、小学校に上る前に、本は読んでいました。小学校に上ってからも、しばらくは、寝ていたり、そのあとも、ジフテリアだの、猩紅熱《しょうこうねつ》、といった伝染病にも、よくかかる体質だったらしく、元気な割には、入院も多かったので、いつも寝ながら本を読んでいました。両親が、本だけは、おこづかいと別に、欲しいだけ本屋さんで買ってくれたので、その点は、ありがたかったのです。しまいには、読むものがなくなって、本屋さんに売れ残っていた『新作落語』、というのまで、おまけしてもらって、読んだくらいです。勿論《もちろん》、友達に借りたり、小学校の図書室のとかは、はじから読みました。でも、戦後、本が沢山、本屋さんに並んだ女学生の頃から、音楽学校の生徒だった頃が、一番、読んだ時期かも知れません。始めは、小説が好きでした。でも、だんだん、ツヴァイクとか、ストレイチーといった、伝記小説が好きになりました。そんな風に、古今東西の、一流の作品を、いつも読んでいたので、「書く」というのは、そういう専門家の仕事、と考えていたのです。ですから、書く仕事を頂いても、「いえいえ、私など……」、といって、お断わりしていたんです。そんなとき、飯沢先生の御推薦で、東京新聞から、「6音6画」の、おはなしがありました。私は飯沢先生に、

「私、作文しか書いた事がないので、書けません」と、おことわりしようとして、いいました。すると先生は、

「それでいいんです。作文でいいんですよ。背のびする必要ありません。あなたが、ふだん話してるように、書けばいいんです」と力づけて下さいました。そこで私は、一大決心をして書くことにしました。それが、この「6音6画」です。

おおば比呂司先生の挿絵《さしえ》が、とても楽しく文章を助けて下さったお陰もあり、始めてにしては、毎週、という大変な経験でしたが、なんとか、のりこえる事が、出来ました。もし、この時、飯沢先生が、

「作文でいいんです」

と、おっしゃって下さらなかったら、恐らく、今でも、私は、何か書く、という事は、してなかったに違いありません。

それにしても、いま、この「6音6画」を読み返してみると、(なんて、あの当時、私は丁寧な、はなし言葉を使っていたんだろう)と、びっくりしてしまいます。

「放射線」は、東京新聞の、政治面の、右下のコラムです。時事的なことを毎週書く、と

いうのは、興味はあるけど、大変で、本当に、あっ!! という間に〆切日が来てしまいました。でも、また、今、あらためて読んでみると、

(ああ、こういうことがあった!)

と、その頃のニュースや、自分の仕事のことなどを思い出し、なつかしい気持になります。

この二つの私の書いたものと、どなたかの絵を組み合わせて、本を作りたい、という新潮社からのお話があったとき、私は躊躇《ちゅうちょ》なく、

「武井武雄先生!」

といいました。武井先生は絵も素晴らしいけど、文章が、きわだって、お上手な方《かた》です。その文体は独特で、ストーリーといったら、絵と同じように、全く、他の人の考えつかないユニークなものです。もし、お読みになってない方がいらしたら、是非、お読み下さい。奇想天外、抱腹絶倒、軽妙洒脱《しゃだつ》……、こんなことでは、とても先生の小説や童話の面白さは、お伝え出来ません。とにかく、武井先生には、お亡くなりになる一カ月前に、私の童話『木に止まりたかった木』の挿絵を、お願いし、先生も、快く、お引き受け下さっただけに、いまも残念で、たまりません。

私は、先生に、お願いした時、木や鳥や、海や花の他に、

「ペンギンも出ます」と私が申しあげました。

そのとき、「ああ、いいですよ」お安いご用！　という風に、少し笑いながらおっしゃった先生の顔が、忘れられません。

でも、この本に、武井先生の絵！　といったとき、お嬢さまの三春さんが、よろこんで御協力くださる、と、おっしゃって下さったんで、本当にうれしかったんです。そして、私の文章に、ぴったりの絵を、先生がお残しになった絵の中から、次々と探して下さいました。中には、私の文章を読んで、先生が描いて下さったんじゃないかしら？　と思えるくらい、ぴったりのがありました。私たちは、本当に興奮しました。私は、武井先生がお持ちのシャープな新しい感覚が、テレビの話とか、「放射線」といったものに、ぴったり、とは信じていましたが、私の書いた内容にまで、ぴったりとは、思っていませんでした。

武井先生は、絵の印刷の出来上りに、非常に、非常に、厳格な方でいらっしゃいました。ですから三春さんは、お父さまが亡くなって、始めて、お一人で、こんなに沢山の絵の刷り工合をチェックなさるわけで、どんなに大変だったこと、と心から感謝いたします。でも、また、それが、日本中の武井先生ファンの皆さまのお手許《てもと》にとどくことを思うと、ワクワクします。三春さん、本当に、有難うございました。

また、この本の、すべてのことでお世話になりました飯沢匡先生にも、心からのお礼を申しあげます。

最後に、もし、この本のことで、御感想を頂けたら、とってもうれしいと思います。私もうれしいけど、三春さんと、お母さま（武井先生の奥さま）も、およろこびになると思います。武井先生は、八十九歳で、その晩も、版画の仕事をしてらっしゃいました。そして、御家族に、さよなら、をおっしゃる暇もなく突然、お亡くなりになってしまったのですから。

ありがとうございました。

一九八四年

雪が多かった冬の終りに。

黒柳さんと武井先生

飯沢匡

「6音6画」という四字を見て昔のことを憶《おも》い出した。この題は東京新聞の編集局長の土方正己氏に頼まれて私が考え出したものだった。この続きものの第一回の六人の中に当時、放送劇を書いていた私が入ったのであった。洋数字の6を使うところに私のミソがあった。もちろん録音と録画という新しいエレクトロニクスがそろそろ一般知識として弘まりつつあるところであったが、そのころとしてはこの題名に清新さはあった。

編集者の意図は放送界の中から筆の立つ人を拾い出そうという殊勝な考えであったから私は喜んで、この読物に大いに協力的であった。

第一回が好評であったので二回目もという時に私は放送界で誰が適当かという質問にすぐに二人の名を挙げた。それは三國一朗氏と黒柳徹子さんであった。三國氏は東大社会学部卒の後、演劇雑誌の編集者であったから筆が立っても不思議はなかったが、黒柳徹子さんは拙作の「ヤン坊ニン坊トン坊」のトン坊役でデビューしたばかりの駆け出し女優であったから編集部はやや危ぶんだ。しかし、私は強力に推したのであった。ところが、これが好評で編集部も喜んでくれた。

　私は当時、内幸町にあったＮＨＫで録音を終ると出演者を多勢引き具して新橋の烏森にあった「トントン」と私が命名した小さな気のおけないバーにゆくことがあった。銀座とちがって背のびしないで寛《くつろ》げる楽しさがあったので、そこには、まるで情報交換のクラブみたいな気分さえあった。

　そのころまだ元気であった文壇の悪口屋をもって任じていた故人の十返肇《とがえりはじめ》がこのバーに来ていたが、大阪人らしい臆面《おくめん》のなさで「黒柳の文章は君が代作してるんやろ、うますぎるわ」といったことがある。こういう野蛮な言葉には、私はただニヤニヤしていることにしてるが、例の『トットちゃん』についても「ゴースト・ライターがいるんだ」などと、さも消息通のようにいう人がいたと聞いた。

　しかし、黒柳さんの文体は、いうなら「しゃべり語」で書いているので「言文一致」の徹底したものと思えばよいだろう。明治の始め、あれほど「言文一致」の運動があったのに、また「言」と「文」とは離れてしまった。そして小説とかエッセエは、しゃべり言葉とは別のものという観念が固定しかかっている。そこに黒柳さんのような新しい時代に即応した「言文一致」の実例が出て来たのは私には大へん興味のあることなのである。

こういう文体は、とてもゴースト・ライターなどという売文業者の及ぶところではない。忽《たちま》ちにして馬脚を現わしてしまうことは必定であろう。タレントがゴースト・ライターに書いて貰った文章は、カビくさい、もう使い古した形容詞とか紋切型の表現といったもので出来上っていて、黒柳さんのような型破りの個性のある文体とはまるでちがう。「文は人なり」というが黒柳さんという個性は独特なもので、そんじょそこいらに転がってるような代物と代物がちがう。

黒柳さんの文章を読んで代作と思うような人間はよっぽど鈍感な人間で、物の本質を見抜けない無能力者である。

これらの悪罵《あくば》は多分、読まないで、頭からタレントというものは不勉強で物識《ものし》らずで阿保と定めてかかってる封建的なサムライ思想の持主が代作ときめてかかったから出たものであろう。

日本の書評は、どういうわけか肩書に「大学教授」というのがついてる人間が多いのであるが、こういうアメリカの大学に一、二年留学、社会学などを研究して来たと称するてあいが『『トットちゃん』がベストセラーになったのはグロテスクだ』なんていってるのだから、「一体、社会学とは何だ」と聞いてやりたくなる。日本のインテリ、書評屋の大学教授からは否定されるか無視されるか軽蔑《けいべつ》されるかした本が、そのまま忠実に英訳され彼《か》の地に渡ると、例えばニューヨークタイムズの読書ページでは多くの段数を費やして高く評価していた。どだいニューヨークタイムズの「読書ページ」にとり上げられることからして大事件であることは、少くともアメリカに留学した日本の大学教授たちは、いやというほど知ってるわけである。一体、日本の大学教授の書いた本が英訳されニューヨークタイムズの読書ページに批評が載った例《ため》しがあるのだろうか。

「自由教育はもう駄目なのだ」といって、この本に悪罵を投げつけて「あの程度の女にしかなれない」と文を結んでいた一文があった。英訳本を読んだユニセフの事務局長が直ちに黒柳さんを世界で四番目の親善大使《グッド・ウィルアンバサダー》に任命したことを知ったら「あの程度」といった人間はどんな感想を持つのだろうか。どの「程度」になったら、あの筆者は満足するのだろう。

黒柳さんの特長は「背伸び」しないところである。あるがままの自分を隠さないで皆に無防備で見せるところにある。つまり率直ということであるが、それが国境を越えて人々の心を捉《とら》えたのであろう。

さて、あとは武井武雄先生について書かなくてはならない。黒柳さんと同じく私は武井先生とも古くからのおつき合いである。

黒柳さんが『木にとまりたかった木の話』という面白い童話の絵本を書くことになり、

その画家は？　という相談を受けた時に、私はその内容から考えて武井先生以外に適当な画家は居ないと判断して先生に交渉し黒柳さんを先生にお引き合せした。

丁度それは先生が八十九歳でお亡くなりになる一ヵ月前のことであった。

先生は「よろしいですよ。印税は折半にしましょうね」などと、上機嫌であった。

しかし、黒柳さんの原稿が出来上る前に先生は急逝されたので、先生の筆になる「木にとまりたかった木の話」の絵本は出来なくなってしまった。ところが先生のお嬢さんの三春さんが黒柳さんの大ファンであることから、三春さんは必死になって画室を探しまわり、先生が遺された作品の中から黒柳さんの文章に該当する部分を探されたのである。

そうすると、どうであろう。まことに不思議という以外いいようがないのであるが、一枚一枚と文章に該当する画が出て来て、ついにすっかり一冊の絵本の分の画が揃《そろ》ってしまったのである。

こういう有力な前例があったので、この『ピクチャー・ブック』の企画は考えられた。再び先生のお嬢さんの三春さんは、黒柳さんの「6音6画」と「放射線」の文章を何度も読み、しまいにはすっかり暗誦《あんしょう》してしまうほどに通暁してから、先生の遺された作品を探しはじめた。そういう大苦心があってこの『ピクチャー・ブック』は首尾よく出来上ったのである。

全く三春さんの御父さまを想う心が、ここまでにこの本を結実させたのである。そのことをみなさんはよく心にとめておいて頂きたい。

これらの楽しい絵は先生が、いろいろなところ、つまり子供の絵本や大人の雑誌のカットなどに別の文章を思いながら描かれたものであるが、しかし、こうして並べてみると黒柳さんの文章とも決して離れてはいないのである。だから私は不思議というのである。

世に武井武雄のファンは少くないのであるが、先生の総《すべ》ての作品に目を通していないし、また先生の全作品を蒐《あつ》めることも不可能である。それなのに、このように沢山のものがまとまったのは、まことに武井ファンにとっては有難いといわねばならない。そして武井先生が実にいろいろな手法を駆使して画面を作っていらしたかということを改めて知ることが出来るのである。

先生は「童画」という今、日本人が何の惑いもなく使ってる言葉を発明されたその人なのである。このことは、余り知られていない事であるから特に書いて置くが、先生が美校（今の藝大）を卒業された時は大正リベラリズムの盛りの時で、急に児童への文化が一斉に花開いた時期であった。例えばあの鈴木三重吉の「赤い鳥」の創刊などは、その代表的な事といえるだろうが、それと同時に「童話」という雑誌も出た。このころから今まで「お伽噺《ときばなし》」といわれていたものが「童話」になった。そして「童謡」という語も出来た。そこで武井先生は子供のための文学「童話」があり子供のための詩としての「童謡」がある以上、子供のための絵画たる「童画」があって然《しか》るべきと考えられ「童画」という言葉を作り自ら進んでその作家つまり専門家になることを決心した。むしろ、それがよかったので、いわゆるタブロー画家(これを本絵描きと呼んだ。洋画家ともいわれた一群のことである)になっていたら貧窮生活が続いたことであったろう。

先生の美校卒業制作の自画像を見ると後期印象派風のもので下手ではないが特に強い個性は見当らない。しかし童画家としての先生はロシアのカンディンスキーなどの抽象画家の影響の下に極めて当時としては斬新《ざんしん》な個性的なデフォルメの強い画を描き出し、終生この画風を追求したのであった。曾《かつ》て私は先生とパウル・クレーの相似性について御本人に尋ねたことがあるが、先生自らも「それは認めるが、しかし、この画風を私が創造した時点ではクレーはまだ日本に紹介されていなかった」といって笑っていた。私が思うにクレーはバウハウスのカンディンスキーの下に馳《は》せ参じた人である。だから武井先生とクレーの相似性の間にはカンディンスキーが介在したといってよいだろう。

先生は日本の画家には珍しくロシア美術家好きでロシア語も出来、画面の中にロシア文字を描くことが多くあった。また他のヨーロッパ諸国にはお誘いしてもなかなかみこしをあげなかったのにロシアといったら、すぐにＯＫして下さり団長となり私は副団長でロシア旅行をした。

　お城の好きな先生は、この旅でバルト三国の一つエストニヤのターリン市を訪れた時には中世のたたずまいを色濃く残してるこの町をいたく気に入られ、しきりとスケッチしていらしたのが印象に残っている。御家族にも事あるごとに「ロシアでは」と旅の思い出を語っていらしたそうだ。

　今、先生の生地、長野県岡谷市に先生の個人美術館設立の運動が起っているが、実現することを願ってるのは私だけではあるまい。

「童画の父・武井武雄」は一部のファンだけのものではなく世界の宝ものなのである、この『ピクチャー・ブック』で一人でも多くの支持者の増《ふ》えることを願ってやまない。


（昭和五十九年二月、劇作家）

「放射線」
東京新聞／昭和53年1月7日〜6月24日

「6音6画」
東京新聞／昭和35年7月22日〜10月14日

ブックデザイン
鈴木成一デザイン室
DTP
株式会社千秋社
校正
有限会社くすのき舎
編集
村嶋章紀

黒柳徹子
（くろやなぎ・てつこ）

東京・乃木坂生まれ。父はNHK交響楽団のコンサートマスター。香蘭女学校を経て東京音楽大学卒業後、NHK放送劇団に入団、日本初のテレビ専属女優として活躍。「徹子の部屋」は50年目を迎え、著書『窓ぎわのトットちゃん』は800万部超のベストセラーに。2023年に続篇とアニメ映画を発表。ユニセフ親善大使として世界各地を訪問。文化功労者、東京フィル副理事長など多数の役職を務める。

武井武雄
（たけい・たけお）

1894（明治27）年～1983（昭和58）年。平野村（現長野県岡谷市）に生まれる。東京美術学校（現東京藝術大学）西洋画科卒業後、絵雑誌『コドモノクニ』などに空想力とユーモアに富んだ新しい感覚の作品を次々に発表した。「子どもの心にふれる絵」の創造を目指して、自ら「童画」という言葉を生み出し、大正から昭和にかけて童画、版画、刊本作品、玩具など、様々な芸術分野に活躍し、童心を巧みに表現した独自の画風で童画界をリードした。

トットのピクチャー・ブック

2025年4月8日 初版第1刷発行

著者 黒柳徹子《くろやなぎてつこ》　絵 武井武雄《たけいたけお》

発行者
岩野裕一
発行所
株式会社実業之日本社
〒107-0062 東京都港区南青山6-6-22 emergence 2
電話（編集）03-6809-0473（販売）03-6809-0495
https://www.j-n.co.jp/
印刷・製本
TOPPANクロレ株式会社

ISBN978-4-408-65140-8（第二書籍）